滄海叢刊

孤獨園

林蒼鬱著

1980

東大圖書公司印行

行政院新聞局登記證局版臺業字第〇一九七號

中華民國六十九年十月初版

孤獨園

基本定價叁元

著作者 林蒼鬱
發行人 莊剛彰
出版者 東大圖書有限公司
總經銷 三民書局股份有限公司
印刷所 東大圖書有限公司
臺北市重慶南路一段六十一號二樓
郵政劃撥一〇七一七五號

我的小說觀——代序

孟祥森

生物界中有了人類這種物種，不能不說是進化史上的一大奇葩；這個奇葩最爲躍出一般生物界的部份就是人的心，而人心之爲奇葩是因爲心念無盡。若說宗教是意在使這複雜萬端的心念有所歸向，則藝術就是在呈現這種種的萬端複雜，使人驚、喜、憂、懼，使人自照，使心靈展現其與天地造化同樣奧秘的活動。而小說，是一切藝術中最能極盡發揮其照見與創造功能的藝術，因爲它的形式與內容的深、廣，變化可以是無窮的，它的涵蓋面可以是整個人生的涵蓋面，它的深度可以是人心至深的深度，它的變動性也可以是人生的極盡變動性，以此而言，小說即是人生。

生命是有情，生活是有情，愛情是有情，小說也是有情；但生命又是無情的，生活是無情的，愛情是無情的，因之小說也是無情的（這無情，是英文中的 relentless）。在有情對無情的遭遇中，發生了無盡的戲劇。每一個人，每一個時刻，他的心念都不盡相同，這不同的心念會引生不同的生活，不同的生活又引生不同的心念，如此周轉交纏，小說的題材便寓含其中。這題材是取之不盡，取之不竭，變化無窮而又萬古常新的。是每個人都可懂，可感，可與可發的，是人類這種物種永遠關懷，永遠爲之感喟不已的，因爲那就是他自己以一個生命有限而心念無限的生物處於天地之間的運命與悲劇。小說與一切藝術一直在人類社會中佔着那麼重要的地位，原因在此。

小說家的心像一個極敏感的球形麥克風，可以收到四面八方的音訊，他又像一個極其精確的擴音器，把收到的音訊傳播出來，又廣又深，可以說，他是讓每個角色親自表達他們的心念；而這些各自具有人心的人的交會，便產生了內在外在的明流與暗流，成爲小說情節的進展。從這一點來說，小說幾乎不可能有預定的結局，因爲小說是活的，是有生命的，它是活生生的生命滙成的生死之流，小說家只能順其發展。如果強圖左右，或刻意駕御宰割，便是所謂的造作小說。

由於小說家必須極盡敞開他的心靈以收納一切人天的訊息，就成了一種求道的礪煉，因爲求道的第一端就是開向實相，在這種敞開的努力下，他才可以逐漸洗淨一己的種種偏私之見，而讓一切人的心性從他心靈的廟堂流過。這使他可以近於道。又由於小說家須把心開向一切，他必然會對種種人的心念有更廣更深的涵容。從這裡走向慈悲，路已不遠。

我喜歡林蒼鬱對藝術對生命的認真與嚴肅，寫下我對小說的看法與期望，表示對他的敬重。

至於對林蒼鬱的小說本身，我只說我該說的一句話：他是藝術家。其餘的，我認爲每個讀者都應像欣賞一切藝術品一樣，自己去品味，冷暖自知，無需他人代勞，他人也代勞不得。

一九八〇年九月

孤獨園 目次

孤獨園

1

彭星移這般清澈地想念昨夜的吳棋，削瘦潰敗的病身必是臨死前最慘愁的形像。可憾的是適好接到家書，離開佛寺趕回臺南探視病起住院的母親。離別常是一種無言的契機，吳棋招手潰弱對著他說：

「但願你的母親是無慮的。」

「我希望返來時你也轉好。」

吳棋眼中流露那般淒苦的笑，那種蒼茫，好像對半年來憂患友情底訣別。他的妻子黃柳枝以及維燈方丈、傳神法師沉默站立身側，人世的悲哀冷暖附以最靜寂的意會。

回去幾近一月，昨天下午彭星移回返佛寺。才知道走後的第三天吳棋就已病亡，骨灰安置在寺後方的靈塔。他的妻子和小女兒如今仍棲住在寺前橋側樹叢中的矮屋裡。

昨晚吳棋却在他熟睡時出現，拄撐拐杖枯萎的雙眼向他流露渴切：「給我一片西瓜——星移啊給我一片西瓜——」

「啊——」猛地記起這是鬼曆七月的第一個時辰，月亮才從寺後端的山脈昇起，吳棋已匆匆走出他孤獨的門廊，求取人世未了的小小慾願。

半年前，寺下方溪橋旁的人家因病深，胃開了刀，骨折也未痊癒，要求到寺裡靜養。一方面，維燈方丈是知名醫師，年輕時留學日本醫學院，深研藥草與脈絡；而此寺類屬密宗，方丈諳熟法印，驅邪求福更有便捷法門。孤單的靜寺，原先只有維燈、傳神兩位老師父和掛單的彭星移，此後便爲著照顧吳棋而忙碌熱鬧了，出外打工的吳棋妻子黃柳枝，更常抱著年稚的女兒在清晨及黃昏來寺裡走動。

昨天下午淌著汗爬上五十級的寺階。聽到呼聲，兩位老法師立刻興沖沖地從西北廂越過樹叢迎到蓮花池前替彭星移接下行李，問起月來他的遭遇，城市的心情。並且切了一個大西瓜。

他去沖了澡淨了身，從浴房繞過東南廂回到東北廂。心裡念著東南廂，怎麼空洞洞的，養病的吳棋哪裡去了？

「往生了。」傳神法師說：「明天正是伊四七。差三天一月了。」

方丈用鋁盤放了幾片西瓜，要他送去寺坡後邊讓幫忙佛寺割稻的農人解熱。

彭星移繞過東南廂的門廊，透明玻璃反照著他憂疑的臉、血紅的西瓜。玻璃後面，牆角攤躺的榻榻米上放置幾件襯衫和一枝斜仰的拐杖。那是吳棋遺留的。

穿經茂密擠簇的竹叢，從靈塔前的斜坡走下田塍。

農人們笑著問候他，是不是回來剃度出家的？

「嗯？」

溽暑的黃昏天空有依眷不去的夕陽，在靈塔背後山巒的天空披下愁怨的眼神。一隻斑鳩從遠處飛來停駐靈塔的頂簷，呱呱一叫奔入暗黑的竹叢。

有幾次吳棋向他要水果吃，躺臥床上像一尾萎倦的蝦渴求水露。彭星移緊揑床頭吳棋因骨折藉以行動的拐杖，嚴厲幾近無情的說：「可以啊？胃腸開刀可以吃冷食嗎？」離別前吳棋更因著了涼咳嗽得開過刀的傷口裂開來，尿屎從腸肚鑽出，病危了。眼眶烏青，眼絲血紅竟似捶爛的西瓜，眼淚漱漱滴落了。像責怨臨死前唯一所求竟要承領這嚴色這情絕！

「吳棋，不能吃的！」彭星移忍禁不住傷感，站起身默望前頭的佛像。香烟嬝嬝繚繞。便奔返他依宿的東北廂了。

兩眼逡尋著隱入竹叢的斑鳩斜身往坡塍上旁。農人還在背後嘀咕：「如果我是你的父母一定要憂慮病了。少年人，出家是看因緣的，還是回去城裡使力打創啦！」靈塔正從眼前退下的草蔓昇起，緊鎖的黑色木門隱隱忽忽地晃旋著正是兩顆貪婪求助的眼盯視他！頓然間紛亂的脚步像踩入洶湧的江流，爭執的手把鋁盤往前抛去身子趴向蔓叢，「空的！是空的！不要向困窮的我要求什麼！——」

過了午夜吳棋真真出現了，拄撐拐杖顫搖的身子卑憫叫喊：「給我一片西瓜——」

「去找黃柳枝去找你的妻子啊！你不要歙責自己啦伊不會怨恨你啦伊是你的主人啊！——」

「給我一片西瓜——」。隱成一陣黑了。

驚醒過來！屋外的天色還大攤暗青在濃稠的夜霧裡，朝陽深埋在山脈後端的海底。有太多理由感覺生存是一種嘮叨，誰叮嚀誰都是緊銜的環結。有時候月亮圓得翻滾，可是今天這轉進鬼曆七月的第一個凌晨，連星光也碎飛無踪了。天這般暗啊！鬼魂們應該也苦苦等候天明吧！這是他們自由的節慶，他要夥同亡魂，探知一切交纏緊扣的虛實。

——這是幽微的玄想，吳棋，不要與我爭辯！

彭星移步出東北廂，來到佛殿的廊簷。

繞經東南到西南廂，昏灰的燈芒裡，傳神法師正微傾著肩在蚊帳內靜坐參禪，透明的窗玻璃反映彭星移枯立的身影。從正殿前輕步走過花叢，玄關內聳立著雄偉的釋迦和東、南、西、北諸佛，兩側並立伽藍、韋陀護法。西北廂一片暗昧，不知維燈方丈是否仍休憩著或也靜坐如不動的山景，或正張著睿利的眼注視他。這貧窮的佛寺開山二十餘年還未能建好客舍廂房，兩位師父和來掛單的香客便向供奉的東南、西北、東北、西南諸佛求借一隅安身。

他在蓮池前的寺階小立，眼眺前方乾涸的溪床、暗昧的山色。吳棋位於橋側的矮屋隱約在樹叢的陰影中。然後彭星移抖著微涼的四肢，離開這氛圍散撒暗香，草花繁開的寺庭回返東北廂。亮了燈，端坐小桌前翻讀經書。

而窗外，山野質樸正是人間混沌的最初。回想昨天高雄往臺東的公路局班車上充滿了哀思，這二十多年來母親底憂患以及施予的恩惠提醒他，自決是如何一種惱困。身爲人子，有一道義理的河川等得他泅入最深冷的地帶擷取回報的芝草。每個人都會懼怕哲理的或自省的思辯却又再再沉淪，那是由於怠慢與無助。彭星移生性溫厚，當他站立慈藹衰弱的母親身前雖因頑固而表現出淡漠與俏皮；却又常在夜深時愧疚自責，陷入思省，渴慕起報答的榮耀。

聽到師父開門的響聲。

彭星移披上深黑的海青掛了唸珠，到大殿亮了燈，拉開門。先放下頂端的琉璃燈，還熊熊燃著；然後把居中的釋迦牟尼佛和東方藥師琉璃佛的燭點開。

心想母親必承受不了他這樣的粧扮。往前他到佛寺求住，飽受她的指責她的心傷。屬於人世的義理被圍成一垛牆，如果心酸最好也屬於這熟稔的園中。像母親時而感嘆以一個富家千金却於婚姻後飽嚐滄桑，但爲人妻爲人母却足夠她的心慰。果真世間尙有屬於衆人之外的孤獨庭園呢！必須扛更重的申辯。最後往往還是被壓壞了肩，靜靜地躺下。彭星移是長子，俊秀而富才情，年少開始便有衆多女子愛慕。也許他淸楚自己的宗敎：美與愛的、淸明崇高的。這一切來自人間的筋脈，可是又被毁損過甚。必須堅持，他知道自己有秀潔聳峻的靈魂，能墮落能沉淪但永不腐敗。情愛竟像那圓缺自得的月光，永恒不變却令朝拜的人哀愁輾轉。年少時衆多喜愛着他的女子，他也深深思念可是只能分開。彭星移一年年成長像讀一本艱難的書，正要知解生命有太多莫可奈何的幽怨哀憐。

而月來一直陷入半昏迷底母親，更使他對自身緊埋的孤獨，羞愧交加。昨晨離別時，她問起他，何時才能離開那遙遠的地域回來家鄉回來人間，伊的身旁，成家爲人夫爲人父？

「半年前你談過人家介紹你認識一個女子名叫寂寂，我印象裡記憶你曾和伊見過面，爲什麼短暫間就失去了踪影？你在佛寺那般久了，伊呢？帶伊來讓我看看，好嗎？你要明白媽的病，我的情緒被這期望塞痛着。孩子，離開佛寺帶她回到我們的家，孩子，要生者求快樂，死時求瞑目，這是最深的道理，最完善的成全。孩子。」

去年多天的夜晚，他突然決意去信向寂寂求婚。這事或許是唐突的，由於他和寂寂相識才一月，見過兩次面，幾乎未曾單獨相處過，彼此未能在心中有明晰確鑿的印象。但他知道這事是必然發生的。他諳知生存的契機，熟悉命運閃瞬的每一隙幽微，那夢幻一般的寂寂，伊的寂靜與靈秀，他相信她只能是他的髮妻。

只是，信寄出後那陌生而憂鬱的寂寂便失去了形跡。伊陷入了孤獨的紋圈無法掙脫。伊只說了：「請你去尋找你美好的未來。我只能在我的父母身旁當個乖巧天真的牧羊女，我的世界中還不曾有離開父母的任何引跡，我不能成爲給你快樂的妻。」

彭星移意志昂颺向伊作最後的註結：「如果有一天妳改變了心意，妳想嫁了，妳還想念着我，我如果還未成家或出家，請妳告訴我，不要覺得羞怯，要給彼此一個機會。懂嗎？妳要答應我！」「好的。但我希望你給自已公平的選擇，希望你是美麗幸運的。」

等待！這已是他長久來再再思辯爭執的唯一結論。

就在母親這樣提起寂寂時，他寂寞的想念又陷入不可自拔的情境。他匆匆路經伊的城市，高雄。幾度在候車時走近電話亭，又決絕地離開。迴曲的山路，公路局班車衝向熾熱的海岸迎向陽光的山巒，然後在臺東換了車回到偏遠的佛寺，離棄人間所有的爭辯。等待啊等待！這幽深的課題剝蝕着他，什麼時候能解脫，陌生羞怯的寂寂什麼時候走來他的身側成爲髮妻認讀每一篇他藏埋的深刻。或者，彭星移能真正走離人間，削斷所有煩瑣拉逼的情意，與寂寂與親情相忘。

「明日我又將離此返鄉，求取師父的藥草後我又要路過寂寂的城市，等候的除了母親，是否也有寂寂？如果再回佛寺，吳棋，我將是個忘情的人游走於自在寂靜的天地，請你記得向我學習，不要充滿憾恨。」

繞行於諸佛間，上完了十三支香。

兩個老法師和他一起誦完早課，站立了近把小時。迴向時方丈請佛力加披，佑護彭星移的母親早日康復。長誦了三皈依三跪拜後身子向後轉身出了大殿。天色已青了半邊。

三個男人一起動手作了簡單的早齋。寂靜的一日隨着漸散的晨霧，向四邊的山光展開了。

2

彭星移珍惜一切轉換交移的時光，像去研判每一事物所附予存在底理由，而能給予必要的寬容與道義。這胸襟逐漸被塵世的虛矯所忽略，但他深信他的聖明。小人怕果報而智者懼於播因，生存是如何一種掙鬪呢而死滅又當如何選擇歸路？所有的爭論在淨明的腦中閃閃滅滅。他在菜圃旁用於晒曝穀稻的空地打了一趟自創的金雞拳，呼喝有聲。

回去披了一件衣服，又開始慣常的晨間散步了。

便也持存幾分激越的心情，緣沿寺後端的山巒往靈塔繞走下去。

太陽才跳出山巒又隱入雲陣。上元節，這般充滿神秘的日子，那些眼不能見耳不能聞的鬼魂們在身邊歡蹈舞踊，唱不能聽及的歌。下午師父將誦經施食。彭星移有一股哀憫，如果他死去是否願意接受人間的祭拜佈捨？

當陽光掠經竹叢，他心慌的眼掃向暗青的靈塔，脚步迅速從斜徑跳往薯田！如一網破敗的笠帽自心虛的背後，靈塔淡灰的水泥塔簷碰碰碰碰飛旋撞來！啊——

「給我一片西瓜——」

摔撲到脚下露濕的陽光裡，一切立時被隔絕於暗昧的森鬱中。鳥鳴隱約是吳棋的怨責，帶着衰弱底哽咽吧。收割後的梯狀稻田，萎黃仍微帶青的稻禾沾留夜霧底濕潤，薄弱閃着金光，幾隻斑鳩自田塍奔出迎向山影飛逃。沁入肌膚的晨涼令他又憂疑駐步；回頭，靈塔幽冥的木門隱沒於蔓草後。

這哀然亡去的魂魄曾否期望過在人世有輝煌底功名？竟為微細的一線慾念傾注全有的渴盼？「可是我才真正卑憐無可依止吧！吳棋，我活在這繽紛喧擾的人間竟不能向孤獨的你表達愛慕呢。」無端陷入傷感，生存果真是這般嘮叨麼，先前未了的死後要壓留為永難了却的債？也許自身是適合孤獨自成的，在寂靜的寺院學養謙遜寬厚的心懷，既求長者的溫潤又嚮往年少的洒然無憂。每一種生存方式如果忠實便將顯現其丰采。可是誰又能輕易抵拒活存著的一切激辯與猜責。殘傷，一口誰的冷暖的刀，用它的鋒利試煉他的純潔貞摯。

聽見稻田下方，琤琤潺潺的水流像大地的咽吟。

原先要涉越幾全乾礫的溪床到對岸山巒的小路，像憂慮陷入它庸倦詭奇的佈局中，又右繞到寺前的迴道，順著跨橫的橋蹚去。對岸，一撮樹叢橫蔓於山路與溪間的高台，簡陋藏伏的居舍正是吳棋的家。

到達橋中，朝陽俯射到他濕涼的背。止好看見，吳棋的年輕寡妻黃柳枝自樹叢的隱暗迎入陽光，牽著單車往橋迎來，就要舉足騎跨望見行走的彭星移立刻又跳落下來。

「去工廠作工。」黃柳枝羞愧地抓握車把，「留下了大筆債啊，你畢竟是令人羨慕的，聽師父說你會出家，如果真能擺開這些，真應學你啊，唉，前生所欠的總是今世還啊。」

年輕時吳棋與黃柳枝在城市的工廠相識，婚後生下了女兒，平凡但真實的戀情曾有美好的記憶但貧困與病患使珍少的一切腐敗了。月前病深的吳棋斷續向彭星移說出對逝往年歲的悵惘，「讓愛與被愛的兩人同樣受折磨，是多麼羞慚可笑的啊！我沒讀多少書，也許你能告訴我一個合理的方法來解決這些苦惱，是嗎？」緊接著一陣凄慘的咳嗽，死抱住開刀的腸肚。

陷入恍惚，猶疑著該否告訴黃柳枝昨晚夢見了吳棋。

「阿棋自小就是命壞的孩子，父母死得早，真堪得吃苦的，看伊死前還能不哀不哭誰比得過伊麼！」黃柳枝望向橋端山坡上露出樹叢的佛寺飛簷，臉轉入陽光中慌亂爍閃地，「嫁給伊不曾有著甘甜啊！」

「女兒呢，寄人帶啊？」

「市內的阿嫂替我看顧。」說著說著聲音就哽咽了：「你不知道啊，阿棋是真不應該婚後再和一個舊情人做堆的，師父也談伊會在作水電時摔落下來，又染到腸胃，是因收果，連命也報應了。才大你兩歲啊！自己不修福，誰來替伊吞忍啊！」

「死了，就免怨恨伊了。」

「不堪受啊。」

兩人慌張閃避背後呼呼馳來的一輛鐵牛車，啊啊掩著飛撲的風塵。

黃柳枝濕紅著眼，像一粒沉埋的砂鑽痛著，「丟下我沒話說，連女兒這樣稚小也撒手不顧，不信伊能瞑目啊！」

彭星移雙手撐着橋樽望向暴仰的溪石和幾片蘆叢，說了：「今日阿棋的四七，也是初一，妳下午來誦經嗎？」

「會吧，下了工就趕來吧！」

「昨晚，伊來找我呢。」

「誰？阿棋？」

「嗯，……」

「有這款面啊？伊走都走不及了還有顏面同來啊！叫伊來找我好囉！叫伊來好囉！……」

「不要記恨啊！」

「不堪受啊！」

「真的啦，死就讓他清了，不要記恨哪！」

「怨嘆啊……」

「……真刺目啊，日頭爬上山囉。」

「啊，我該上工去了。」

黃柳枝也不拭去斜倚的一線淚，就匆匆跨車晃前了。踩踏的背影隱入樹葉與陽光交爍的景象裡。

轉過身繞過吳棋家的叢綠，沿緣河床向西側的山坡路散步過去，身影瀉得幽長。這時聽到誰對他呼喚著，轉過臉探入陽光：靜定不移的佛寺高屹丘巒上端審思一切，維燈方丈的頭額頂著寺簷如一亮冠，鮮黃的袍衫在晨風裡抖動：「準備出門囉！……」

喔喔低應兩聲。木立稍頃，醒頓過來地對著光茫山脈一陣昏暈，跳了跳身往橋慢跑……。恍惚念起夜晚的星月辰光，如此遙遠惘迷……。

喘躍的呼息裡想像橋下的溪石竟是靈塔裡羣集守候的鬼魂，咿唔吟哦像哀婉的怨責，一股驚痛！彭星移對自已身處這孤獨未知的山景昇燃著刺閃的仇怨，「啊！人間，永不能了却的啊……」

3

這時天空顯現初秋的陰霾，偶而山嵐拋出細雨，向四邊的綠野撒播，暑氣隨著隱藏的陽光褪却。

「有時，你會相信人間是一層愁，稠稠黏黏的，如何努力要跳開也是惘然。我年輕時獨自渡船到東北工作，到了戰爭時，歷經千驚萬險要趕回臺灣到母親和弟弟身旁。我在空曠的海灘許願。佛菩薩真顯了靈，一個老人把昏迷的我送上一艘船然後又將我揹下，我夢醒了，身子已在高雄的灘岸。」

維燈方丈在青色背包上放了他的小斧頭和柴刀，頸間掛上青石唸珠，戴上寬斗笠。帶引彭星移往乾礫的溪床前行，將往遠處的海邊採擷藥草給彭星移帶回去醫治母親。

「我發願要出家爲衆生盡心力，但母親要我成家。我跟你一樣是長子。」方丈矮小而顯得健壯的身子在風裏揚起他的黃色袍衣，在河石上飄撒，疾行如一襲堅決的雲。「好的是我的妻子原也是不想結婚的，我預先說，如果我送走母親上了山頭，立刻就出家。生了一個女兒，三十一歲時母親逝世，三十二歲我帶著一個包袱去剃度了。如今二十八年過去，我的妻子現在獨自在臺南，女兒也嫁了。」

「師父還去看她們嗎？」

「偶爾去西部醫病或看我的徒弟，有空閒也去探探她。」

久來方丈對待彭星移有如父子。而維燈性情自然不假外飾，待人嚴苛常引人不解，也由於佛寺處於偏僻山野，一直難以渡衆，開山二十餘年尚未有出家弟子。彭星移曾在他嚴斥時張起長伏的叛逆心緒，而於一次次的靜忍後真正領解方丈的意善心慈。

海在前方用寂靜的脊背攤伏著。冷雨在離開山羣時被海風所吹散，陽光晶爍在每一道幽幽閃走的鄰波。

等到近了岩岸，才知道海濤是猛烈的，陽光炙烈反照著岸旁的山列，遠處幾艘漁船像灰暈的葉脈飄旋。

在一處背著陽光的岩壁上，他們發現了那一叢叢矮小英挺的海芙蓉。

「海芙蓉對你母親的肺會有大幫助，它們在海岬的山岩與風砂中活了數十年甚至幾百年，竟還是不及尺長的矮樹。」

根幹盤曲而又堅勒異常，方丈吃力地舉起小斧頭連根砍斫。

「這些植物的年齡都要比我們久長的，我不久就是要死的人吧，可是現在却斬斷它們要一直接續的長遠生命，希望能救解你的母親啊。」

「星移，我和傳神法師以及妳的母親，都是老朽的人，這一世即將緣盡。出家報母恩的例子太多的，目蓮和地藏菩薩，甚至是我。要真正給你母親喜樂，就剃度吧！」

「我已替你看好日子，後天午時是最佳時辰。」

彭星移艱難地以柴刀砍伐一株歪斜的海芙蓉，連下十餘刀却只能刮傷外皮。人力的薄弱常難以對抗自然生衍的力量。這是他踏陷的矛盾，像人類長遠積累的情感那般難以抗拒。「如果我出家反而會使母親傷心死絕的，她所日夜牽掛的無非要我適當成爲人子，結婚成家，如此罷了。如果我選擇高妙的理由來成就人事，是不被承諾的，意義是會被反面界定的。出家，幾年來就掛念牽引的啊！師父，恐怕是我的果業未盡吧。」

維燈方丈嚴肅地沉默了。把伐下的海芙蓉一株株裝入青色背袋裡。手抓着笠簷，望向海中飄搖的陽光與船隻。悲傷的，回望背後乾涸的山與河床，攤仰的石礫。

頓然間，讓彭星移望見一種疲倦自他蒼翠光澤的額頭淹起。像想起這開山建寺二十八年來的寂寞，自太虛回來凝結成人世的情愫，要年輕的彭星移去承載。使他想起方丈那句：老朽的人了，慧命是該有善緣之人來承續的。

而彭星移，隱約看見人羣中有一佝僂憔悴的人，先是吳棋，接着是母親，啊，然後是黃柳枝……那時候，善良動人的寂寂，像古老傳言的夢在身邊逐漸長成、茂盛，然後又被莫名的刀斧砍斫；夭敗的海芙蓉，爲了接續誰的生命？人世慧命竟如典故，被荒廢了的須等有緣人來栽植。那時候，蒼老了的寂寂，像寂靜的山海，凝結成遠方疾走的雲，失去了。……

彭星移痛忍地望向隱入光芒中的船隻，究竟要歸返哪一方的岸港？明天他要回到人間，也許後天，他又趕回師父的身旁。半年已過去，寂寂，那神秘憂鬱的守護神，走到方丈與母親的中間，背後是驚愕的吳棋與黃柳枝，啼哭的嬰孩……。

彭星移的眼在波閃的光粼裡困苦地睜眨。直到發現船隻仍靜止在原先的地平線。醒來。跳到沙灘，在乾礫的河床迎上師父閃捷的背影。

4

每到中午餐後，倦怠像一股仲暑的熱流襲偃著他。那是難以抗拒的神智，當他躺臥在新割稻褥旁的榻榻米上，陷入昏睡，在深沈沈的夢魘裡，有如回到喧擾的人世作苦楚底申辯，被冷風以及暑熱追逐，不能動彈只有在哮喘裡掙扎抽扭，額頭冒出酸倦的汗珠。

暫時離開了靜地的祥寂。那山鳥的鳴唱瞬時遠離，木魚梵唱如疾走的冷月飛奔未知的故鄉，他便被擺置在洪荒裡，與兇悍的惡獸對話甚且拚鬥。而窗外，偷偷逼襲的陽光，自美麗的竹林躍下。那長久依持的寂靜與無言此刻奔然無用。他是悲哀的砂塵在荒旱中飛滾尋找泉井。只要他醒來，他便復活。這是不可改扭的情境，這半年來佛寺的靜住仍未能使他跳脫巇險的陷阱。

這時彭星移陷入熾熱的煎熬，在一種噬咬的倦痛中輾轉，入睡已有兩個小時，上午遠行海邊的疲倦早經消褪，現在昏睡成爲不可褪越的碑石緊壓他，令他喘息，但沒有任何可呼喚他醒來的引機。

「我想了好久，也爲你觀察好久。」

猛地一陣熟悉的聲音來到身旁。身子一悚，腦中迅速閃出吳棋衰弱蒼冷的神情。

「你是應該成家的人，找一個能幫助你的妻子。」

恍惚間停住了呻吟，轉過身把頭伸長望向這溫和的聲音。從深淵的擾夢醒來，這老人，披著灰色僧袍的，啊！傳神法師！想把睡臥的姿勢坐起，却是全身慵輭無力。「黃柳枝是個苦命人，自幼家貧，現在吳棋往生了，留下伊和孤女，令人同情啊。」

彭星移困難地把沈重的眼皮睜開，確定是真是夢。此時傳神法師像隱約的光芒，緩忽的喉音激惱著他酸倦的神經。

「但伊是堪得拖磨的女人，必能助大興家。既然你出家尚無因緣，不如早日安身。好嗎？這是我的建議，希望你三思。明天回家或可向你母親稟報。」

像猛受一拳般，霍然蜷身坐起，一不提防探入日午斜射的陽光，刺癢！……臉後轉陷入昏眩，一襲長袍自佛像前的薰香退出。

聽到寺前方有人喊他，是維燈方丈嘹喨的呼聲：

「星移啊！準備誦經啦！今天是上元，也是吳棋的四七哪！」

5

夜晚來到前，儀儀已畢，師父先把木魚與磬搬回大殿。彭星移面向靈塔，望著尚煢煢燃燒的燭火，入暮的山巒，冷寂苦惱的心緒。然後輕輕撩著寬長的海青，把供食放上鋁盤搬回廚房。却在轉角的竹叢下，遇見下工趕來的黃柳枝，抱著伊的女兒，對他友善招呼。窘怯停步，木立這無依的母女前。

一迎前便是日暮的光芒，宛若人間的冷暖難以確實捉摸；而背後，這身深黑海青與唸珠的背後，一羣亡魂，了無爭執的寂寥，要他隱退。

「剛剛在下邊還聽到磬聲，要趕來三皈依的。」

黃柳枝迎前過來，左手抱着孩子提着包袱，右手熱誠的伸長示意，要幫忙他。

彭星移善意領會。在她樸素的身衣裏，緊裹的成熟的身體，像要發現風塵的潔淨。顯得匆忙地繞過，又警覺回頭，說：

「孩子真乖巧哪！」

「剛剛哭得真狠，爲着餵伊奶，拖了好久。」

彭星移走入廚房，原要跟着她返走寺前了，猛想起供桌上還有西瓜。剛才他特別要求師父把西瓜也搬去供食，這是一個補償與承諾吧！像真看著吳棋喜悅地拄着拐杖羞羞笑了。

等黃柳枝也跟著來到竹叢下，他已走到靈塔的短階。難堪這般尷尬地三人撞著面，又匆匆退下，「留着好了，跟著蠟燭留著好了，吳棋，我不會貪戀你的妻子，現在她來了，爲你準備了東西，你不必再跟着我了。……」

黃柳枝上階時他爲她抱了孩子，焦急退到竹叢。讓疑惑的黃柳枝在燭光前解下包袱，把帶來的供果擺上。

暮風從對望的山巒穿經河床稻田，樹草抖顫燭光痙攣，暗灰尖狀的水泥塔頂像不勝涼要從坡前仆倒。斑鳩，在淒涼的山影裡咕咕叫嚎。

心酸的，在孩子自彭星移懷中哭起時，黃柳枝面對著靈塔深掩的木門，哀然落淚。悲傷的身世，要在吳棋面前作一次最痛切決絕底駁斥般，放懷哭嚎。

隱約在燭光裡，衰弱無助的吳棋，拄著拐杖站立眼前，身後是一羣身披白衣的、淡漠好奇的鬼魂，窺覷這一幕久別幾將淡忘的人間，以及豐饒的宴食。……

「……孤魂所造諸惡業，皆由無始貪嗔癡；

從身語意之所生，一切孤魂皆懺悔……」

跟著鬼魂們，面向莊嚴的維燈方丈和傳神法師，陷入這寂寞山野的磬聲與木魚的激盪中，等待命運有合理公正的裁決，終極的河流。

「……神咒加持甘露水，普施河沙衆孤魂；

願皆飽滿捨慳貪，速脫幽冥生淨土……」

「……自性衆生誓願度；自性煩惱誓願斷。

自性法門誓願學；自性佛道誓願成。」……

而眼前的河流此時湍急起來，岸自兩旁擠來，倉皇叫嚎的，母親，以及寂寂，淒切的臉……，黃柳枝抱擁她哭喊的小女兒，招手呼喚，歸來，歸來……

燭光突地一閃，減熄，一塊黑擠來……又退開，一支光又煢煢旋轉亮起……。黃柳枝已走下階，援過木立的彭星移懷中的女孩。

「回去吧！」

靈塔的燭光整個熄了。黑，向孱弱的一線暮靄包圍。師父在寺前方亮起了燈。山下，遠方山村的燈火應也相繼亮了，還有母親，以及寂寂她們的燈。彭星移慢慢前走，背後，黃柳枝和她的女兒用沉默追逼他的掙困。便是瞬息間又昇起的，這蒼茫。望著縹緲隱密的竹叢，感覺一種沉重，像多變的雲壓靠他的肩胛。冷暖的夜，將是如何一片月光？「明天，哪哪，是明天才能定論的吧！……」

傳神法師已走到東南廂，在廊下迎迓他們。西北廂隔為廳房的門前，方丈正專心地蹲坐燈下，仔細把上午砍伐的海芙蓉切成細片。抬高了臉，對他們微然一笑。

傳神法師抱起女孩，阿阿地逗弄著她。引得彭星移和黃柳枝都笑了。像回到人間慈祥老者飴弄子孫。十餘年前傳神法師還是個高中的教務主任，眉清體秀，博聞文學與經論。五十餘歲時退休即剃度出家，如今兒女皆已立業成家。既要在人世間成全他的圓好也求建立其宗教的義理。彭星移常要從他身上去感受這之間聯繫的幽微，而對其處理情懷的隱蓄與發抒為實質的能力不勝欽佩。

這時他轉過了臉，先是望著黃柳枝，想說什麼又噤住了，然後用目光向彭星移徵詢意見。就說：「有個孩子，真不好帶吧。」

「出家吧。」維燈方丈仍俯著臉，揀分著枝葉，「佛門須等有緣人承續慧命，一起成為佛門子弟吧。後天，星移也會回來的。」

三個人都楞然著，一時不知如何從這沖流中爭辯合情形勢。小女孩呀呀地叫嚷著媽，黃柳枝要摟抱過來，而在慌忙間抛口而出：「我人哥要我為孩子找個父親……」

切剎的刺音停住，方丈的臉揚起又煞住，率直的情緒頓時奔湧臉頰，搖著頭露出低微的哼唔聲，像對這道理作最苛刻的警示，不可忍禁的：「誰都要一條路拐向另一條，也不先想想它的盡端。回頭看看，迷戀人情是不是徒然苦了？妳嫁給吳棋留給妳的是什麼業？」抬過臉，轉望起彭星移：「回去問問你的母親，她帶大你們姐弟六人得到了多少快樂，哪一天手一揮離開了，還不是孤魂一個？」

彭星移才剛要為黃柳枝抱屈了。面向著人世底圓熟與光榮的母親，生命註解在倫情裡自有其尊嚴與喜樂啊。楞楞然，不知應如何向黃柳枝表達關切，無助望着靜定不語的傳神法師，求取一個合理的轉機。

但羞惱的黃柳枝此時開口了：「我只要孩子活得好，跟別人一樣飽暖我受什麼罪都甘願的。我知道我是命壞的女人，註定要受這業報了。」

方丈又剎起他的海芙蓉，微微搖頭，慨嘆。

傳神法師終於護辯了：「因因果果，今世的命還前生，星移和柳枝只要知善修悲，就去吧，佛緣是大福報，強求也是難得，就順你們的心意去吧！」

「唉——」一句長嘆。方丈在眊然間像又穿經一遍人情的哀暖，回返他清寂自成的園中獨自踱步沈思，仰望寺廊，誰是有心人來承接常持的明燈？……

月昇起，一帶光明在陰黑的雲層與山巒間靜走。孩子睡去。晚齋後大家各自披上了海清掛上唸珠，上香繞拜諸佛，回到大殿開始了晚課。方丈引磬，四人齊拜；香讚持咒，木魚沈沈，誦讚「阿彌陀經」：

「……如是我聞。一時佛在舍衞國。祇樹給孤獨園。與大比丘僧。千二百五十人俱。皆是大阿羅漢衆所知識。……」

斑鳩在夜黑中入睡。夜露輕落於揚起的寺簷。鬼魂們自山林走出又回到山林。霧起於這片山野，像朦朧的低泣的臉窺探每一草木的無言。

6

而現在夜晚的寂靜與孤獨重新落到一場無言的激辯。黃柳枝回到她寡居的矮屋，抱擁伊的幼兒，在孱弱的溪流旁入睡。維燈方丈宿於西北廂隔間的臥房裡探思慧命的續存。傳神法師或正在西南廂獨坐參禪。彭星移躺在東北廂斑舊的榻榻米上獨望屋頂的塵埃，以及嬝嬝香火後的巨幅佛像，身側高叠的稻榖陣陣散撒幽香。一切在這窗外瀉入的薄弱月茫中進行。稍有微涼，山巒午夜的微雨是孤獨的網再次捕捉天地間的濛茫。

所有哀與不哀在夜晚時獲取全整自由，芸芸六道在山海天地間遨游。佛在微笑間示以甜蜜的意會，說：來吧！我的友人。

那時鬼魂自孤守的庭園走出，向睽別的人間訪尋。蟄伏的山野，正以它的沉默抗辯伊的疲倦與不安。

吳棋披上好看的白衣，拄起伊親密的拐杖，癱跛成生前的模樣，先是在寺前向衆佛和兩位師父跪拜，就慢慢繞向東北廂，輕輕推開玻璃門。對東北方「壞魔慢獨步佛」禮示過心意，然後轉同身繞過穀堆，怯羞地，站立彭星移前，低喚著他，用月光這薄弱的手，推他的肩：「星移啊，星移啊……」臉後仰，佛陀仍端坐蓮台上對他微笑地。

彭星移就在纏綿雨聲中悠悠然醒轉了。坐起了身，驚覺雨霧如此深了。

「我向什麼地方求取可靠的慰藉啊？我不過是比你年長兩歲的人，背負的辛酸，我相信你會明瞭的，比你沈重艱決啊！我結了婚不久就在工作中摔斷了腿常年在殘廢與康復中仰望，你知道我本是水電工人如此要如何再生活下去啊？柳枝當然是個好女人是我尅了她使她命惡或是她冲了我使我命夭啊！她怨我不當再和婚前那個鄭月來往，是我和伊的情意在久別後竟然復活誰能去抵抗呢？我是深愛柳枝的她的身體是那樣熟悉地在我入病時閃動哪！可是先是她懷了孩子後來我病了她遵照著師父的話和我隔離著這要我成爲斷情的人出家的人嗎？人都是註定不幸的嗎要活得不快樂啊？鄭月在我年輕時曾陪伴我度過那般困苦日子爲什麼我們能彼此慰藉時竟是這麼惡劣的命運啊？星移啊你是我的生死之交你要使我瞑目啊！……」

「你要西瓜我今天已供你，請你走吧去找黃柳枝或鄭月吧。」

「我無顏去見她們啊女人都是這樣怨恨著我，我知道悲傷寂寞的人是最卑憫的最受人唾棄的！我生是男人死是男鬼我不瞑目啊不瞑目啊！她們不會放過每個嘲笑報復的機會啊！」

「可是她們是你的愛人，你的妻子，吳棋你去找她們吧，去懺悔吧！」

「天啊天啊！那是生前的事哪恩恩怨怨的雖死也難了却啊！我只有渺小願望請你相助啊！那鄭月要她嫁人去啊不要用孤獨來使她的懷念長成怨恨啊，嫁人去啊。啊。」

「我不知道她，你走吧！」

「你也輕視我嗎這孤魂真是這般哀憫嗎？好吧好吧可是請你不要娶黃柳枝啊！天哪我們是朋友不要使我羞辱痛苦好嗎？她是我生前的妻死後也是我的鬼啊！」

憤怒的彭星移立刻站起來踢去了！「你混蛋誰要你的妻子誰要有你酸腐味道的身體！——」

吳棋唉叫撞上穀堆蹲仆如一尾斷足的青蟹。

「傳神師父要我娶她也是爲了你女兒溫飽的，生前死後你都要她們母女學你一樣痛苦寂寞向人求乞啊？」

「可是她是我的人啊我生前得不到死後要看著給人啊。啊。」

吳棋哭著拾起拐杖，蒼白孱弱的身影在夜昧中逐漸凋萎殘落了。

「吳棋你走啊這是人世你安份回到你黑暗的世界吧！人間的因果由人來決定，爲什麼別的鬼魂都能安息認取孤獨只有你這樣不瞑目！給了你西瓜你要滿足了，吳棋你滾吧！這是陽世你這種卑憐的形樣是會被恥辱的沒人會同情的，生時不快樂死後不瞑目就當個多情鬼吧！走啊回去啊！我要睡了天一亮就是我的命運了讓我安養一份力量不要讓我跟你一樣生生死死都受折磨啊！——」

「請給我這滿足給我這個願望能滿足啊！……」

夜風吹颺山野的雨濛，孤單的上弦月隱沒在竹林後端的山巒。東方逐漸昇起的光芒像靜坐自如的佛陀默觀這夜色底爭辯。

終於，在疲憊與無助難以爭抗深纏的夜黑時，隱約的梵唱鐘磬自凝聚寺簷的露珠晶閃向所有被風雨摧折的凋萎，於嫋繞底香火中瀰漫成最初始的無言。彭星移悠悠然靜躺，微笑傾聽——……如是我聞。一時佛在舍衛國。祇樹給孤獨園。與大比丘僧。千二百五十人俱。皆是大阿羅漢衆所知識。……

7

早課晨齋既畢，維燈方丈和傳神法師站立寺階，目送彭星移揹負行囊一步步往橋前的道路下行。朝陽自他們颺飄底僧袍披卜長長身影，似要緊扣他的脚步；雨過的寺簷閃熠光華，山鳥在四方歌鳴奔躍。

他把身子艱難上仰，恭敬合十，然後俯身匆匆往山村的站牌前行。

早車在天明不久卽將來到，趕赴遠方初醒底市鎭。大地尙在甦轉的邊緣，早起的村人相繼走往山間開始一日的作業。站牌旁已佇立一揹負嬰孩底少婦，搭襯看來榮耀動人，束裝齊整是遠行的樣態。竟然，叫喚起他了！

「喔。黃柳枝！」

眼前閃現起熟悉的笑影，背景在一片暗黑未決的爭辯中，未敢正視這晨粧丰韻的少婦；宛若吳棋已緊跟他的身後要與決一場激烈的爭鬥。

「妳是我的妻子。」

他聽到這聲音迎向着黃柳枝。回頭，只有山影的陰涼，啊啊地要抗辯這慾念！努力要昇起的寂寂的形影却又顯得稀薄無力。

黃柳枝正立眼前幾要使踉蹌的他撞滿一懷了！

「昨夜吳棋又來了。」

「喔。」

「伊的自私令一切，有情的與無辜的判別，羞惱難堪啊。」

「我能猜想伊的用心啊。」黃柳枝輕撫背後的女兒：「本是屬於他的他無力來認取，而人所掛慮的不正是人世的不可奈嗎？誰是孩子所歸止的人主便也是我所期望的了。方丈的善意是好的但我知道這過程多艱難，女人只能選擇可感可及的體念來過活啊。」

「昨天中午傳神法師曾向我談起妳，啊，」彭星移此時望見昇起於樹叢後底寺簷的朝陽，陷入一襲芒刺，「如今我又要回轉到熟悉的人世，我的母親在西面的城市等候我，也許妳會知道其間我的歷程。不只是海芙蓉來醫治伊的病。啊！」

車子來了，稀疏着乘客。

到鎮市時他們下了車來。彭星移購買往台東的火車票將換乘公路局班車。「妳呢？」

「我往花蓮，還有我的孩子。」

「喔。分別了。」

「是分別了，我帶伊去見她未來的父親。」

「喔。」

「新植的因要種另一次果。你會明白我的心情。」

「我明日回來，原可以見到妳的。」

「我的車要進站了，分別了！」

「喔！真分別了哪！」

彭星移站立早晨的市鎮前端，靜望馬路伸向遠方的山巒。莫名的心緒像一層憂慘的雲將自背後奔來狙擊初昇的朝日。聽到遠方隱約是佛寺傳來的木魚鐘磬呼喚他歸去。當他閉目靜聽，啊啊母親衰弱的手向他招喚著了：「孩子，回到我們的家，孩子，要生者求快樂，死時求瞑目，這是最深的道理，最完善的成全。孩子。……」

「回去了又如何呢？」彭星移愁惱站立，肩上的背包使他氣喘心急：「明天呢？」久來他每日陷入這稠稠黏黏的愁惱裡，努力要離開也真惘然。當去年多天的夜晚突然決意去信向寂寂求婚，那種自信於生存此一契機底等待祇是使他更深陷於難以翻仰的愁惱。隱身佛寺正也逐漸醞釀一場最激烈決絕的爭論。但他不知這止期因不忍遽然受此裁決。而黃柳枝在他昨夜的抗辯後已如先前一般成爲無色底景緻。那麼明日，明日是否順從師父深厚的愛意回到他的岸讓母親永遠在對岸呼喚？……

突然一聲激烈的汽笛響起，他驚慌回頭，往花蓮的火車正緩緩前行，黃柳枝探出車窗舉起伊女兒的手向他揮別，他佇立剪票口，充滿心動，滴落凝結久久的淚。

然後，是久候的寂寂的臉自前方蒼翠晶瑩的山色洶湧飛騰而來，他慌張起身奔向車站外街道的陽光，逡尋電話亭——然後他在綠色的長途電話機前停下，翻出久存的銅幣。猜想此時寂寂正好穿扮齊整將出門上班——

「喂——」

「喂——」

「寂寂在嗎？」

「星移嗎？星移嗎？——」

「啊！」

「你在那裏啊。」

「在東部的池上。」

「什麼時候到高雄？」

「下午三點。」

「我在車站等你，星移，我等你。」

「我帶妳去台南，去看我母親好嗎？」

「下午三點啊？」

「下午三點在公路局東站。寂寂。下午三點。」

「下午三點。星移。下午三點。」

往台東的黃色車廂正緩緩接近月台，彭星移拋開身後的街道與山巒向車站的昏暗奔入迎向另一片青翠！車子整個沈沒在陽光中像拍翅要飛的候鳥，嗚唱隨著漸散的雲向四週颺散開來。……

·一九七九年一月寫·

萬般梆聲響不去

1

遠遠就看見伏蹲入海的瘦嶙山岬，永遠是這樣謙卑的姿勢。天空暈紅與山海墨冷的藍強烈對比；山色俊秀但顯露夕暮日終的衰敗，就像陳舊夢境的暗示，隨時要在刮痛面頰的冷風裏瓦解潰散。這一切，不知依窗瞭望的夜子如何去感覺。

「到見返了！」穿好外套，一邊拿下車架的行李，故作安然不去理會夜子的驚詫。

夜子是興奮又夾雜不安的。或許因爲我擧止過於突然吧。一路伸展的山海風景使她陶醉自得，未曾察覺長路跋涉的悶倦。「夜子，見返到囉！」我伸腰呵欠，「離當初的想像會不會太遠呢？」

從顚晃的班車下來，身子仍感飄盪暈旋。夜子一手提着皮箱，空下的手挽住我的左臂。像害怕被傷害的鳥，像遠地歸巢的驚惶。我却推拒了。她着急望我，眼瞳在暮色與漸亮的燈光中顯得茫然。而我焦慮的心情不知該如何向她表明。當她敏感的羞憐露出不快，我只好說：「會有熟人的！」濕暗櫛比的屋店被碎殘的夕陽拱出長列黑影，畏懼的海岬，山稜凹陷傾伏，似要奔離背後連綿遠去的山巒逃躍海中。而浪濤依然，緊緊被橫腰抱住的，依然掙脫不得啊！這天生麗質的山水，隱藏俱生的無奈。歲月恒常，風景如舊，而我呢？我如何向夜子表明我的心情？

努力要成爲觀光區的見返村，有新建的旅店商家，虛華凌亂逐漸取代拙樸。離上次回鄉一晃兩年，彼此已要相問不相識了。

不知道父親和叔叔是否仍在市場守攤？這兩天忙着嬸嬸的喪事，應該不會出來吧！心裏胡亂猜想，還是與夜子匆匆橫過商店的燈光，走往路後端的市場。迎面而過的人突然回頭往我肩一拍！看清是個與父親相同年紀的矮老人。口裏猛嚼檳榔，大冷天額頭還冒着汗光，血紅的嘴咧口就叫：「你是迷花吧！剛回來！你阿爸已經兩天沒出來做生意了，聽說你阿嬸……」

「我知道的！」就憂引來熟悉的人，趁他吐口水時連忙箭跨離去，回頭說：「見返越來越熱鬧了！」才想起了是父親攤旁賣菜的曾佬。

市場父親的攤位黯然空着，從散置的籮筐掀翻出來的報紙節律晃擺，有幾個遺棄地上的柑橘，枯黃腐敗的皮面看來粗糙瘦小。風從堤岸俯衝過來，身子冰寒發哆，宛若看到父親叔叔辛苦栽植的橘樹，懦弱無依地在山上低吟……。輕輕慼嘆也被夜子聽見了，楞着眼望我，猜出心意似的輕握我的臂膀。我感覺羞愧，千鳥村似乎離得好遙遠好遙遠，父親叔叔單薄的衣衫正在冷風中亂雲般抖顫……。

原路回來，臉低俯匆忙經過嘈雜的街店，往右拐上河堤的斜坡，即是新建的見返橋了。去年雨季，洪水從山上莽莽狂奔，到某一夜晚，高漲的黑髮溪把上游溫泉區兩旁的商店和見返吊橋一起沖散了。各家報紙曾大篇報導。心裏直憂慮父親叔叔如何一早就涉冰寒石亂的溪澗到見返攤攤。當時倖免於難的只有建在溪中央上，一直頗靈驗的浮月宮，是福德正神顯靈吧，竟仍屹立溪中無恙。各地爭相流佈它傳奇的事蹟。但不久洪水又來了，這一次把上游溫泉區的殘骸掫得寸土不留，浮月宮也被連根拔去，我仔細探聽，苦無它後來遭遇的詳細消息。這樣經常無端想念那與星月輝映水影的祥寧，不知廟裏慈悲的福德正神是否因爲厭絕了人間煙火而隱身海底？

夕陽已整個沉落海中不留鴻爪。夜寒從山頭殺喊下來。夜子披肩的髮拍打到我的頸項和嘴唇。站在堅固的水泥橋上，多陌生的接引啊！已全然失却昔日見返吊橋浮沉擺盪的丰姿。夾於羣山間寬廣的黑髮溪的大小暴石，像禿亮的頭顱紛陳於乾涸的河床上，只存一道奔湍的窄流偏依北側的岸。仍是懷念中蕭瑟的冬季景象啊！水泥橋長長的手臂，緊緊抓住的仍是從前的岸從前的土地呢。羞澀的感覺，像我臨空瞭望的眼。竟不勝冷凄地感傷欲泣了。

「過了見返橋就是千鳥山，夜子，站立河的正中，我真是矛盾啊！好像家居在神秘的彼端等待我去窺探，可是，究竟什麼力量在背後抓痛我的脚步，要我憂慮，要我在兩岸中猶疑啊！」風似乎轉從海口處來，陰冷中有鹼濕的割沁。

遙指黑髮溪隱沒處幾盞零錯山腰的燈火，重複問着千鳥村，千鳥村，夜子風裏抖顫的聲音可以聽出喜悅的。

我也跟着焦急起來。天全暗了，還有一段長遠的山路。拉好衣領，我終於決心跨步而入了，「家就在那燈光後的轉折處，還不能看見。」回頭，浮在堤防上方的見返村的屋瓦，像被風吹得片片隱退。然後我一眼看見跳出雲層的月亮，「你看那下弦月，看那溪水裏曳搖的下弦月！」

其實山頭的月亮是上弦，像以前浮月宮飛簷的倒影如同一把下彎的神弓。

這樣，我過往記憶的圖景又回來了。隱約又望見沙洲中央的浮月宮裏，靜靜與月亮對弈，慈祥自若的福德正神，那暴石與星羣是詭異的白棋黑棋，我是善心沉默的觀衆，是千鳥村的子民。

是棋下完了嗎？月亮仍在，仍有隱微的星光，但福德正神在浩渺海中的何處啊？是否依然對我微笑？我感覺悲哀。「回家去吧！」月亮的下方該是有溫暖燈光的家居吧！「夜子，走啦！回家去囉！」我緊緊抱她，雖逆風不去感受孤單。

2

路左側的陡坡逐漸是疏密有致的菓樹，纍結枝葉間的柑橘像藏伏待發的石彈，與夜暗在四周逼擁。千鳥村與遠處見返疏淡的燈火於小路的轉角整個失去。路中仍留有多雨的泥濘。每回頭，便是要傾撲過來的夜影。山巔和着衝奔的激湍，黑髮溪像有引力的深淵，暗中抓扯脚步。我們儘量偏靠左側，不敢探望斷崖瞪視的石羣。想起舊日獨自夜歸的勇敢，一路吹口哨斷續哼歌，揹着搖盪的書包，或從市場收攤回來。感覺自己是夜色裏謙默的其一，山路是撫慰孤獨的侶伴。而現在不復是故人了。冰冷的陌生，不知誰要陷害誰？

風從四周高擁的山頭掠抓過來，驚惶間爲了拂去夜子撲面的髮使失勢的夜子踏進水窪，整個上身向山壁露冷的草蕨跌撞。我歉疚理好她顏臉的濕亂驚駭，再次緊護她。

家感覺更加暗昧神秘了，似乎已在習焉的漂泊裏消失。心中惦記那棵巨大的苦苓樹，常有貓頭鷹棲息啼叫。

「如果看到苦苓樹就到家了。快要到了，夜子。」

「不要怕嘛，夜子，妳會習慣的。城市的熱鬧其實使人更心懼，是吧，夜子？」

「那時候好小，大概還沒讀小學吧！天要暗下了，還不會走路的妹妹在房裏啼哭。父親問我：你阿母跑去那裏，飯都沒煮！那天早上剛看到父親把高大的母親打倒地上翻滾掉淚，我連看他也不敢，連忙跑到山坡上的橘園找母親，大聲喊她，急得要哭了！突然聽見下方，屋前邊靠山路的地方吧，尖銳喊救人啊救人啊！回聲在山壁間碰撞，山鳥驚慌飛竄，我連翻帶滾的衝下坡來尋聲跑去，父親已奔在我的前頭，到苦苓樹時母親抱緊樹幹哀叫，又突然放手在地上翻滾，父親設法抱緊她却又一次次被掙脫，拿起旁邊一罐傾覆的農藥瓶發楞。母親的臉變爲青黑流淚哀嚎，父親尖聲大哭死抱着她，我嚇得躲到樹後唯恐被踢到。……然後母親轉哀嚎爲呻吟，父親問她何苦啊何苦啊的，淚流滿面。我真難相信這突變的一切啊！母親只顧睜眼望我，我膽懼地過去，讓她發黑的掌抓痛手臂。我感到好孤單好無助啊！父親又跟着我哭了，天已整個暗下，好寂靜好寂靜的夜晚啊！……」

嘴裏銜緊晃搖的菸，我要夜子擋住風。火柴一劃立刻又被撲熄。我換了一個角度，再次劃火，風一撲，瞬間看到發青的坡壁，暗魅的苦苓像細密垂掛的亂髮，向四面索探。我又劃火隱約看到枝葉枯萎飄零。「就是那株苦苓！」我向夜子示意身後，火熄樹暗心裏發寒，菸幾乎掉了。然後我又劃火，夜子回頭一望竟整個向我撲抱過來，菸折斷，我驚慌掙脫她攀打顏臉的烏髮！抓緊夜子冰冷的手，幾乎是跑步地奔上路旁的斜徑。看到樹叢間的燈圈時，不勝心酸的，竟放聲喊叫起來。「阿爸！阿叔！」縱懷奔放吧！不去計較自尊吧！把這逼抓的恐懼逼抓的記憶狠狠踢棄吧！

聽到屋內有人匆匆迎出，不安地羞慚起來，「夜子，別怕，爸爸叔叔會喜歡妳的，夜子……」看到了熟悉的身影，淚是何時滑落面頰的，連忙揮袖擦拭。

鬍髭錯亂的叔叔，抱着沉睡的，信裏提及的小女兒，微腫的眼任情地笑了，像以前一樣摟拍我的肩。父親看來更老邁嚴厲，但仍稍微笑。冷峭無情的北風，正颼颼撲擊更形孱弱的屋頂草茅；屋內燈光昏黃，我和夜子瑟縮如待審的刑囚。

廳的右旁有幾筐裝好的柑橘，左側則仍散堆得像座小金山。叔叔拿了圓凳讓我和夜子坐下，他和父親分坐壁側的兩張長凳。廳中央的神桌上，一幅嬸嬸放大的遺照，微笑望向我們。大家不經意地同時看去，氣氛沉默像提醒着什麼，指責着什麼。心裏紛亂，被何物催迫般真要吶喊起來。兩年了呢！兩年了呢！我把臉埋入掌中。

已是中年而一直留存爽朗瀟洒的叔叔，並無父親的短矮瘦癟，而今任其蔓亂的髮鬚，寬鬆暗舊的衣服，似把整個憶念中的印象，又逼到不可觸及的夜昧裏了。唯一可以聯繫的感傷，該是五年前他遲婚後成爲人父的形像吧！但年來，我却總是不易想起他那憂慮無告的面容，只深刻記住孩童時，爲我摺紙船飛機，一起放牧風箏，偷偷向似懂非懂的我談喜愛底女子的英俊風流的形貌。直至我成年後，總開玩笑說：早點找個漂亮的太太來叫阿叔啊！別像阿叔老得窮得沒人要啊！

然而話說不久，是五年前的事了，叔叔終於和一個差距十五歲，只大我一年的見返女子成親。我雖頗有失望仍爲他興奮的叫喚新娘子阿嬸阿嬸的。當時作媒的一直說：年紀大囉！又不要聘金，不能太嫌人家啦！雖有點癡呆，實在只是世面見得太少太老實罷了……。考慮不久，叔叔在我和父親的慫恿下應允了。

只是婚後不久，叔叔變得和嬸嬸一樣靜默寡言了。在一次看見嬸嬸羊癲癇發作，橫躺地上吐沫抽搐，我奔上橋園喚他，幫着把嬸嬸架到床上後，兩人坐到簷下喘息。他傷心地說：阿叔真是無能哪！爲你找到這樣的阿嬸，阿叔慚愧啊！迷花，你一定要找個聰明善良的妻子，要跟你一樣有學問有修養的……。我着急站起要阻止他說下去，他已噙淚走往橘園。

「天寶呢？」我想起叔叔的大兒子，該已是個會頑皮跑跳的可愛孩童了。到臥房看他沉睡的迷人模樣，好想把他弄醒抱個過癮，父親却躭憂會哭鬧不睡而阻止了。

「前天早上到黑髮堤下洗衣，大概癲癇發作人跟着暈去，天寶說看伊整個人直栽下水的。我中午和你阿爸從市場回來，找不到人，心裏覺得不祥，立刻趕到水堤，果然衣服散置水邊，當時哭累的天寶已在草旁睡去。請了明達他兄弟來打撈，一直到黃昏才撈到，屍體都脹了。」

「今早葬的？」

「菓園後面的桃樹旁。」

「竟趕不及奔喪，收到信就和夜子出門的。」

「日子是請人看的，你們盡心盡意，你阿嬸會感心。」

懷中的嬰孩看看我們，不知何故失聲哭起。叔叔忙着笑逗她，「乖啊！美枝，乖乖，是妳阿哥阿嫂回來，自已人哪！……乖喔！乖！」孩子一直哭不停，聲音凄厲，北風把屋子抓得震顫，嬸嬸的照片晃呀晃的。父親去冲了奶粉，手忙脚亂的，孩子却仍兀自哭嚎。

叔叔邊哄邊搖地乖啊乖的笑逗她。夜子偷偷望我，我使眼色安慰她的不安。「黏伊阿母太緊了，不像天寶有人抱就笑，大概女孩天性比較依母親吧，真是，唉！……乖喔，乖喔！」

夜子又向我使眼色，父親也看到了。我只好點頭。她興奮又顯得害羞，說：「我抱一下好嗎？」叔叔約略遲疑，對孩子說：「妳阿嫂抱妳喔，乖，不要再哭喔！」

孩子停止哭泣，咿咿唔唔翕嘴而笑。夜子喜悅得臉都紅了。她又看着我。要我喝采麼？或要我重記潛藏的幽怨呢？令我心疼的她曾有的神情，與此時的喜悅比較，是如何強烈啊！

心想那是我唯一一次摑打了夜子。純粹蓄意的羞怒，却顯得不能自持，帶有所謂男性尊嚴的神經質吧！我竟殘忍地要踢她打她，讓她痛楚讓自己痛楚！「賤人！賤人！」對夜子的殘酷刺傷，血一般的腐舊的淚滿臉縱橫，她却仍是纖弱溫存，只斷續哽咽而不爭辯。使我感傷那刀向自已回刺！魯莽情緒的我敗壞的行爲，使我也悔恨交加地失聲哭起了，「不能生孩子？不能生孩子？……」我暈旋俯仆床上，「爲什麼不能？爲什麼不早對我說？我這樣等着，等着，夜子，好殘忍啊！結婚之前我就這樣盼望了，夜子，怎麼辦？……」

直至我倦乏躺覆，夜子才微聲說：「我以爲你知道的，幹過我們這種職業的女人，大多是不能不認命的……。」

沉默端坐的父親，爲我們撥開橘子，我心焦地在他的注視下含入口中，不由自主的有如無意義的慰安，出口就說：「還不錯的。」

父親望着橘堆，眼瞳有金黃色粒，說：「實在是不行了，愈來愈難賣，人手少欠整理，很難跟別人擺在一起。」

「你離家也好多年了，回來住住也好，家裏更孤單了。」父親對我提及安居千鳥的話抱以猜疑，却仍不勝喜慰，眼圈濡濕，「想出去再出去吧……」我對叔叔苦笑，善意的，像要在昏黃的燈圈中認領安穩的身影。

夜子溫存坐在我左側的椅上，嚼食父親剝開的橘子。她怯怯地，顯得過於激動：「迷花說要在千鳥安住下去的。」一抬眼，晃搖的嬸嬸的臉，在鑽入的風裏癡笑。

把臥房裏的籮筐一個個叠好放置牆側，夜子提水把床和窗櫺抹得乾淨，舖好草蓆。我轉回廳裏試圖和靜靜翹腿於板凳抽菸的父親叔叔多談些話。但一切似乎都被寒冷的氣團所僵凍。神桌下方有一叠摺得不齊的白布，摺角輕輕翻拍。不知何時點上的香，陳腐的香薰味在剝落的土牆四周繚繞。

父親焦躁地按搓削瘦疲倦的臉。繁密的灰髮剪得短整，鬍髭長亂，拿菸給我時，說：「記得你的妹妹嗎？」

心裏一驚，「秀綿啊！」三歲的妹妹在母親死後不久，就給遠方阿姨鄰居的一個水泥工當養女。此後父親雖曾提起，總覺遙遠陌生，所有對她的印象早已淡忘失去。

「伊的命實在苦慘啊！」父親重新點菸，「昨天你阿姨來，說伊幾年前就作妓女了，得了不乾淨的病，生死也不知。是那個水泥陳仔將伊賣給人的！幹伊祖公—幹！」

我的兩耳灼燙，偸偸望向臥房的門，躭憂夜子在屋裏聽到而感傷。心神頗覺錯亂，猛烈噴菸。叔叔憂思的臉詫異望我，我避開去。

感覺薰香愈加沉悶溷濁，壓襲下來，壓襲下來，我疲倦無力去抵抗。那腐朽的飄香像被掩蓋而又逐漸擴散的屍臭。我想起發黑瞪眼的母親，腫脹蒼白的嬸嬸，腦中有千萬閃亮瞳孔的貓頭鷹淒厲叫嚎……。

「唉！我們顏家這款悲慘！」叔叔說話時怔怔看着供桌上的嬸嬸出神，「美枝不知要如何是好？給人是怕，不給人兩個老頭子又怎麼帶伊到嫁人？……」

沉默了好一會兒。我的菸已抽完，腦中紊亂暈沉，不能再在紛亂的理念中辨理頭緒。該死的薰香把整個屋子弄得像一羣羣飄飛的孤魂幽靈。我在門檻上摔了一跤，跛拐地逃入臥房。

十燭光的燈泡仍亮着，夜子的臉露出棉被外，對着斑剝的天花板發呆。

廳裏突然喧鬧起來，美枝又遽烈哭嚎。夜子翻身抱我，散披的髮使我雙眼無法張開，「我好喜歡她！」

「誰？」我把她的髮拂開。

「美枝。」說完，跳下床就往哭聲跑去。

夜子抱着美枝進來，放置床中央。退開內衣胸罩，細聲說：「美枝乖乖，吃奶，乖乖！」

我心傷而感動的看着兩人。我把左手伸過小孩，輕輕撫愛夜子露出的胸，我說：「妳又不是母親，沒有奶水的。」

「你看你看，她吸吮得那樣專心！」

我起身脫去外衣褲，翻過夜子和美枝到牆側旁，夜子怕孩子翻落地上，要我睡到床緣。她把逐漸沉睡的美枝挪到旁角，我關了燈，棉被蓋到頸上。夜子的髮在我的臉上磨擦，我的胸中有一片片閃耀的金黃橘園，抱緊夜子幾至不能喘息。夜子嬌嗔呢喃：「我要小孩！我要小孩……」只顧把溫熱的夜子緊緊摟抱，我避免重新回想那斷裂的期望。夜子顫抖的低吟呼癢我的鼻息：「以後向叔叔說看看，迷花，我們當美枝是自己的，迷花……」

夢囈似的呢喃，使我湧動的憐疼的情愛，要專注成一條血脈，從自己衰弱而又遽烈跳動的心通向夜子的，韻律如浪的溫柔的胸。如初夜一般美麗害羞的感覺吧！與夜子法院成婚的夜晚，回去重新擺置的租居，夜子嬌柔偎依我羞赧的身子，喃喃而說：是你的妻子了，迷花，你不後悔吧！迷花，我現在只屬於你了，迷花……。使得兩人都潸然淚下，重複地說悲傷只是過去孤獨只是過去，零亂破碎的生命的昨日已經訣離！我有一種新生的喜悅與感激。想起那粉紅燈光擠滿汗臭男人的小巷，在遠處擺晃，不勝心酸，緊緊摟抱夜子不放，「夜子，要努力離開記憶中的污穢與不幸啊夜子，離開那腐臭的街巷，妳我是最清白純潔的，夜子！……」如此羞赧心動的，我和夜子的體溫，與屋外淒嚎的冷風同聲抖顫。

3

早晨醒來，夜子仍抱着美枝熟睡，匆忙披衣起身，才知道父親叔叔已踏走三輪車上市場去了。天空陰霾，薄霧網網般籠罩樹間，青藍的山影顯得冷冽幽遠。跨出門檻，一個小男孩怔怔坐在土墩上，背弓曲斜倚廊牆。聽到聲音，放開環抱兩肩的手急忙站起。我立刻認出他是天寶，比以前瘦高，兩眼顯露穎慧，有淡淡的，超出年齡的愁傷。

他畏懼但穩靜的叫我阿哥。我走過去，蹲下來摟抱他，「幾歲了？」

他伸出四個指頭，微笑不語，坐回土墩。

我說：「阿哥每天都要跟你一起玩了，不離開了。」

天寶看看我，跳起跨過一叢盛放的艾草，在與茅屋同高的正盛開白色花蕾的柚樹下，撿起一顆乾枯的小菓實丟我，我伸手接住。他哈哈大笑，藏身樹幹背後窺探，露出不全的牙齒。我把菓子擊入葉叢，露水與白色的花瓣紛紛洒落。他驚異得仰起身子。

他嚴肅站出來，說：「阿哥！花不能打落的，這樣會減少柚子的！」

我尷尬扮鬼臉大笑。把他橫腰抱起，抬進屋子，為他添了一件青布外套。

我到臥房向夜子交代後，戴了斗笠，讓天寶騎在肩上往屋前的斜坡路下去。大概是昨夜又有細雨，泥路稍微濘滑。有一條爬行的蚯蚓被幾隻螞蟻咬得翻滾。放下天寶，我把蚯蚓拿到潮濕的香附子草上拂了拂，然後放掉。

「阿哥，螞蟻是不是壞人？」

瞎扯一番，已到臨溪的山路上。右側通向見返，左側則微陡轉經黑髮吊橋深入千鳥內山的梧桐林區。

我尚未開口問，他已拉著我往左拐，就隨他在飄水的路樹下慢行，越走越快。路臨溪斜衍出一塊坡臺，已長得茂密的菓樹閃耀着一羣羣金黃柑橘。天寶帶我到一條斜下的草徑。路草拂得我兩腿濕癢。「要到黑髮堤啊？」

天寶要我揹他復跳下來猛拉我，顯得着急。我立刻想起嬸嬸是在黑髮堤上的積水溺斃。心咚咚蹦跳。烏雲已層層疊積在渺虛的暗青山巒上，似乎隨時會整個掉落下來，把山擊碎。年前大洪水的想像又開始翻湧心中，那濁黃的澗水何其狂烈，俯傾而下，挾持一塊塊莽撞翻騰的暴石，狂襲過來，越翻勇敢堅固的黑髮堤……。我隱微聽見被猛猛撞擊的瘦削山岬卑屈懦弱地伏蹲海潮裏哭泣，淚掉入海中不見。而我聽見哭聲，聽見哭聲，像母親服毒慘死的悔恨！像喜愛癡笑的嬸嬸墜水的無奈！「天寶！回來！」我箭步奔過去抓住他的兩肩，「我們回去！」

「我要去等阿母，她洗衣都沒回來！」

「天寶，回去！」我橫腰抱緊他不顧他的踢打哭鬧，不顧刷拂得痛癢的草蔓，疾疾逃回山路。汗像陰險的見證，在週身探看。記憶裏的景象在驚慌中破裂，遙遠殘缺的童年，水湄釣魚游泳嬉鬧的，像翻騰的暴石，噗通噗通掉落滾逝的奔洪裏。

我疲倦安慰天寶：「阿哥帶你到見返找阿伯阿爸。」

過了山路的轉角，天空開始微雨，風却減得輕微。

在市場出現時，昨晚拍我肩的曾佬先發現，像什麼興奮號外，急着轉告旁邊的父親叔叔。天寶不知何時已從穿梭的婦人間斜鑽過去。

在白天與父親照面相望，覺得格外興奮，彼此都和善地笑了。而明亮的視覺與人羣的嘈雜，像一面若有若無的網橫隔中間，使那笑意稍顯陌生刻意；蹲坐的父親與叔叔，是如此蒼老瘦小。我像多慮的顧客，竟猶豫地久久裹足不前。

整個飄雨的上午，大略也只是各自沉默乾坐地上噴烟。菸吸太多，覺得口舌苦澀。在這來往的村人與遊客間，我所處的情境是激動又微帶心傷吧。

直到父親說要提早回去採橘，我猶想滯留在這有魚肉悶腥，冷颼但感覺溫厚可靠的泥地不忍離去。然而一想起千鳥的家居、菓園、夜子和美枝，竟歸心如箭了。那濕漉彎折的山路，多像母體伸展塵世底嬰身的臍帶啊！緊緊凝擊我奔盪的血液。

一邊把賣剩的柑橘裝回籮筐，叔叔到外頭推來三輪車，說：「以後就可由夜子來代替我們了，我跟人家伐木去。」他又摟摟我的肩，幾乎是以前抱起我往上丟然後輕輕接住的神態。我激情地，把未加防備的天寶抱起，放到車上。眼圈竟潮濕起來了，柑橘變爲一顆顆滾動的水珠。

父親要我穿上他的雨衣，我推拒說戴斗笠即可。他裝出生氣的神色：「年輕人身子要多保重，我淋慣了，穿上吧！」說完，拿了我的斗笠戴，跨車騎踏起來，我和叔叔在背後推。上坡後，在見返橋上我把稍窄的雨衣仔細穿好。

雨把山岬淋成一副伏哭的模樣，海變得幽默，拍打着，拍打着，濤音拉得高高長長，我的雨褲刷刷磨擦，三輪車磯碴磯碴輾過一窪窪積水。

「跟夜子結婚事先也不跟家裏說，你阿爸一直記掛在心。」叔叔輕聲說：「人家知道會說不孝的，這是大事，做人父親的總是最關心孩子的成家的。」

我的臉淋得潮濕，水滴灌入我的眼角嘴唇。

「夜子看來賢慧標緻，你好福氣！我和你阿爸都蠻喜歡的。」叔叔把聲音加大讓父親也能聽到。他笑時的眼神，似也有不可言述的複雜感嘆吧！

想起溺死黑髮堤的嬸嬸。擦乾臉，眼睛轉向溪澗的暴石。「只可惜沒有孩子！」我脫口說出時立即懊悔。雨順風痛打臉頰。愧對無辜的夜子，絞疼起來。

父親稍有驚駭，回頭一望，又用勁踩，速度加快。

我追上，父親已減緩速度，問我：「看過醫生了？」

「嗯。」

「怎麼回事？」

「她不能生。」父親叔叔和我又是一楞，顯得如此不堪防備，車停聲止。而溪澗又急忙奔湍，雨聲風聲……，真是該死啊！真是該死！是什麼情緒的錯亂蠱惑着我，是否又摑得溫存的夜子楞然呆立，哭泣了，斷續的哽咽……。

看到我悔喪的神情，父親叔叔又把追問的話嚥下。

我說：「夜子會孝敬你們，她生得善良。」雨又滑入我的嘴腔，鹼而冷涼。

「夜子和我都很喜歡美枝，」吃力推車上坡，我轉望踽身的叔叔，「她可以好好把伊帶大，……不必給人家當養女的，夜子說……。」

叔叔看看我，看看抱膝伏在筐邊的天寶，點了點頭。我激動得想確切探問，却不知如何啓齒。

背後有砰砰追馳過來的鐵牛卡車，我們閃退路旁。鐵牛車從千鳥村前的彎路左轉上坡，車上滿載青綠、銅褐的琉璃瓦，和一些雜色花磚。

「山上要蓋什麼呢？」

「要建新廟了！聽說今天破土。」父親回答：「浮月宮流去也一年多了，現在籌足款，新廟可能有浮月宮兩三倍大。」

「對了，」叔叔向天寶說：「今晚有破土酬神戲，是新南洲的七鳳歌仔戲團，叫你阿哥阿嫂帶你來看。」

我往車消失的山巒望去。暗藍色的天空像一面冷硬的巖壁，與整片山的青綠對嘲。「那麼浮月宮呢？爲什麼不到河床上重建啊！」溪澗的湍流嗚咽在亂石間奔竄，我俯身探過路側的蕨叢草蔓，正像一線纏綿的淚，哀痛地流哀痛地流。烏雲遮住太陽，不能看見流水間的倒影。晚上該帶夜子一起再到溪邊看浮耀曳搖的月亮的倒影吧！像昨天一樣吧！

4

午飯時，雷聲轟隆，雨曾一陣子滂沱。等我們餐畢到廳裏抽菸，雨却整個停了。院前的平地水乾得快，我手倚籬笆看氤氳白絨般從山阿緩緩升起，越過山巒消失於雲叢。太陽仍隱藏，但刺目的光茫亂箭般四散射出，山的顏色層次奇特。夜子洗完碗筷，也抱着美枝站立身側。

「好美啊！夜子。」我想我是好久未這般仔細望她了，多像個楚楚動人的小母親啊。夜子微微地笑了，臉頰飄出一朶好看的紅暈。

「妳是顏迷花的好媳婦呢！」我順手摘一朶飄放幽香的梔子花，放在她抱孩子的胸前，「爸爸叔叔都喜愛妳的，整個千鳥村也都喜歡妳的，高不高興呢，夜子？我真爲妳感到光榮呢！」

夜子竟羞得把臉轉對刺目的光線了，烏髮逆光閃耀。太陽此時整個跳出，冷冽的氣溫變得暖和。

我攙扶着夜子，隨在父親叔叔身後，小心爬上濕滑的土坡。樹葉上的水珠滴得衣服東一塊西一塊濕。她只顧緊護揹在身後的美枝，似不察覺。一到坡上，整個眼界是大片晶瑩發亮的柑橘，金黃繽紛，兩人在潮濕的葉子上摸摸揑揑，兩手沾滿水滴。

叔叔帶我們到北面山坡，嬸嬸的新墳前燒香。好像就憂哀傷又像雨般崩落下來，連忙匆匆離開了。

我也拿着剪刀收採，一邊告訴夜子如何辨識成熟的柑橘，她幫我把剪下的放好籮筐。

冬天晝短，我尚未覺勞累，一個下午已匆匆走過，太陽在山背下沉，天色逐步要轉黑爲暗。

夜子小心攀着樹幹滑下坡，回到屋子準備晚餐。

我幫父親把柑橘一筐筐抬到坡上的平處。他臉上的青筋皺紋在用力時一條條暴露出來。

三人坐在筐緣抽菸，我也學着嚼檳榔。我把檳榔汁整個吞入，身子舒暢發熱，頭有微妙的旋暈。

父親問起我與夜子結婚的事。

「無意間認識的。」我是有些焦急的，「該是緣份吧！我相信緣份。」

父親皺皺眉。我就憂他追問下去。

半晌，他又無端感嘆起來，念起幼時給人收養的妹妹，聲音哽咽：「秀綿實在可憐，也應該是要嫁的年紀了。」

「也許人說的是不可靠的，」我只能試着安慰了，盡力避免自己陷入傷痛的泥淖，「不會吧！顏家的人仰不愧天俯不愧地，老天不會這樣死死折磨的，阿爸，不會的！」

「當妓女啊！總是我親生的女兒啊！」父親開始用肩拭眼睛，頑冥的臉，已無法涵容皺紋的抽搐。叔叔把臉俯得低，淚突然斷落。

是我一直高估傷痛抵拒的能力嗎？年長滄桑的父親叔叔，不堪命運折磨却也堅持至深至厚的愛啊！突然湧來的理念，紛雜凌亂，像提醒我從前評斷的缺失，像冷沁淒苦的風寒啊，已在這生我育我的千鳥山，吹了又吹。離家的流離是可怕的逃，爲何要逃呢？逃到何處啊！昨夜我已勇敢地歸來，不忍也是不甘再離開的啊！但風仍要這樣冷冷地颳嗎？

「到了最後，受什麼苦什麼難都可以含淚忘記的，做了妓女，她仍留純潔的心就好了，總是顏家的血統，總會好好過完一生的！」叔叔終於開口了，勇敢堅定的。我看他發亮的眼神，有一種光榮的感覺，深沉而激動。

使我幾乎要痛哭出聲伏跪在他們的膝下，懇切談談夜子，談如何在花街與她相愛，她的不幸我的寂寞我的憂傷，我早歲離家是如何苦楚矛盾啊！「夜子是個純潔的女人呢！她會當個顏家的好媳婦的，阿爸阿叔，希望你們也能盡心疼愛夜子！」天轉暗，淚沿頰跌入我顫抖的嘴腔，我不能看清靜凝的四周，「我當初是怕你們不能原諒夜子，怕你們還沒接受她的不幸就要殘酷斥罵她拒絕她！所以私自和她成親，我的心情希望阿爸阿叔能夠諒解！……」

我把淚抹去時，方知道父親叔叔已直直站立着。

竟是如此令人不安的驚愕！睜圓的眼珠是灼熱的刀，刺着我的胸口，像隨時要戳入心臟使我順坡滾落山澗！不祥的沉默使我發寒驚恐。……

這一次，天啊！這一次我想我清醒了。內心波濤後的清明助引我離開這世界，孤獨的靈魂隨風飄盪。我又離開關愛我的父親叔叔了吧！他們再次痛痛刺傷我內心最深最深的感動。他們雖有深厚的愛但魯莽殘酷地棄絕了我，棄絕了夜子！多冰冷陌生的沉默啊！他們的驚愕已成爲一種感嘆的淪落。

「造孽啊！顏家前世造了什麼孽，迷花，你自己說看看，迷花！……」

我說什麼啊！我明白那語意無可救解的哀痛失望，可是我能信任這詭異的一切嗎？我是孤獨的啊！如此疲倦無力啊！如何再收理這錯亂悲慘的一切？我想我只能設法專心去懷想夜子了，她的愛如此純樸實在，天哪！她是聖潔無辜的啊！天哪！……

天整個暗下時，已把六筐柑橘從坡上抬到廳裏。我的兩手發麻，面色鐵青，全身酸倦無力。汗在背脊追趕，腦中紛亂冷暗。我設法平定心神好好抽根菸時，胸喉強烈腥悶，心胃翻騰。我奔出屋外，在梔子花前吐得一地。柑橘的酸臭，菸的酸臭，檳榔的酸臭，以及冷風夜暗不能辨認的酸臭。我設法靜靜呼吸。然後我聞到了梔子花的暗香，柚花的暗香。我從樹端的隙縫望見隱約如凝的上弦月。靜靜的青月，靜靜懸掛山巒不因狂風而碎散。夜子走出厨房，又急忙回去，然後拿着水杯毛巾穿經簷下呆立的父親叔叔，拿給我，我說：「夜子，我們走吧！」嘴酸臭嗆人，我連忙漱口，我說：「夜子，走吧！離開千鳥，夜了！」我背對燈光，慌忙用毛巾把淚抹去。

夜子攙扶着虛弱的我，爲我拉高衣領。由於逆光，我只能視及她髮梢的光圈，及背後父親叔叔的黑影。

「夜子，我們離開家，離開千鳥吧！」

我嚴厲阻止夜子發問。我已無力理會她的驚駭，無力爲她說明這無端湧浪的漂零。「回去當初的城市，蟄伏起來，夜子，沒有人能再傷害我們招誘我們，命定的要勇敢承受，夜子，我們會心甘情願的，夜子，回去好嗎？夜子……」

我向父親叔叔說我們就將離去。

「爲什麼！」震訝倉皇，但我想他們或能回想此時我的離去正如從前，追問原因或逼我遲疑流連都是無益的。而悲傷一如懷念是可以確信的吧！我同千鳥又將沿黑髮溪離開，像飛禽的來去，在見返橋匆匆的回顧裏，我甚且不復踟躕徘徊了。

要我晚飯後再走，我頷首入桌，激盪感受被愛的溫暖，刀一般靜靜地切剁着雙腿，苦難下嚥。夜子悄悄跑去臥房抱吻美枝，我雖知道但故意不予理會。

「迷花，不會怨恨阿爸吧，其實……」

「阿爸，你要原諒我。」

父親拉着天寶送到籬笆處，我向兩人揮手道別。叔叔幫夜子拿行李同下斜徑，到達澗旁的山路時他拍拍我的肩。我知道他不開口話別是因爲怕我知道他已泫然哽咽。我以不提皮箱的左手握緊他的手臂。彼此看着對方。「阿叔，你一定要信任迷花，也要信任夜子。」叔叔看看我，看看夜子，掉頭轉身。突然上方幽微的燈光裏冒出美枝的啼哭，風正淒聲吹嚎但我和夜子都聽到了。我一手把她猶豫轉折的肩摟緊，指她看那黑幢巨大的苦苓，在山壁前猛猛震搖招手！

風吹樹亂，冷流從山頭撲下拼命往衣領鑽，鼻息凍寒，唇抖牙顫，而不可提防的夜暗，在山與溪間鬼魅般游浮，撲掩的草蕨山芋，拍打巖壁。有斷續的戚嚎，在風裏裂碎翻飛。我與一路低泣的夜子凝神傾聽：

「……如今離家千里，不知何處安身……」

過了山徑的轉彎，千鳥村昏淡的燈影撲入眼簾，鑼絃嗩吶從村落上方的山頭飄來，歌仔戲哀婉的唱吟更為清晰幽緩，

「……世上萬般梆不去，又是五更斷腸時……」

那樣冷峭撲襲的歌聲風聲及葉落，似與燈影同謀，冰寒陰狠，隨時要摧殘謹愼躡步的我和夜子。一切的流離驚愕在闇夜裏顯得如此難以抵抗！苦苓樹細瘦枯癟的枝影四面撲抓，黑髮堤的積水一圈圈擴散，月掉落，星星掉落，孅孅癡臞的身子掉落，哀歌掉落……。

我寧願追隨面海奔跑的湍流！寧願與暴石同屬黑髮溪，沒有阻害誘陷的燈圈人影，順水去漂流！像含笑依然的福德正神，慈藹悲心服從洪水洶莽無情的湧覆，回歸到虛渺無涯的海，回歸生命自由馳騁的故鄉！

我攙扶夜子，在一處平緩傾斜的崖面，尋徑滑到黑髮溪寬廣的河床上，沿緣僅有十來尺寬的

水流，面海跳行於暴石細砂上。上弦月在我們仰望的雲層間，幽昧隱約地微笑，引我們前行。

到見返橋下時，有人在橋上好奇張望。燈黑影暗，我未敢仔細辨識是誰，是否熟識。

我們行過橋下，此時整個看清那屈身瘦嶙的山岬，我扶夜子迅速前行，夜子疑惑拉住我。我說不要爲見返的燈光流連吧，聽聽悅耳的濤浪，是誰在呼喚？夜子又拉住我要我回頭，「橋上的人是誰，叫喚着你！」我藉風向辨識，才知道呼喚的聲音是與海風相背的，細弱而驚惶。但海濤太大風聲太大，我無法認出是誰的聲音；橋上的燈光過淡，我若回頭也是徒然的。

現在，我所能認清的，只是卑怯謙恭的暗藍山岬慈祥如神的坐姿；翻覆冲擊的浪濤，有着粼粼滾騰底波光。看到溪流裏下鈎的月亮，使我猛烈想念浮月宮，想念裊裊薰香裏含笑的福德正神。我緊緊懾縮鬱痛的胸，傷口般已被輕輕彈破。而痛消失又是如此快，我如何能描述我的心情讓夜子知道？我哀楚無告的已謙誠伏跪，訴懺其罪。

河床在入海處向兩旁擴延成綿無盡處的海灘，我的兩臂伸張，往前奔去。「迷花，看那流水盡處浮現灘前的飛簷！……」夜子在背後追趕，我喘息停下。

直到聽清她的話，我躍過沁淹及膝的水流狂跑而去，兩腿因興奮而顫抖，肅立浮於灘上的沉廟前。上弦月下凹在右旁的水波裏，湍流從中穿過半邊，浪在背後拍壁，海水翻過屋頂，碎磯從前頭披灑下來。

我立卽確認，這是被洪水從上游連根冲下的浮月宮。飛簷上方仍有破缺的騰龍舞鳳和琉璃瓦，廟柱的雕龍只有龍首爬出砂石。我大聲叫喚夜子，「浮月宮！這就是浮月宮！」趁浪退下，我迅速從空隙跪爬而入，夜子拉着我的腿根隨身跟進。黑漆的四壁間，幽幽閃熠的水潮，附和浪濤呼湧着，月光從破裂的壁縫伸探進來。我已潮濕的褲管使我全身抖寒，夜子畏縮背後，似蹲似跪，嚇得逐步貼靠我。我的胸口噗通驚跳，冰冷與幽暗，隨浪圍撲過來！濤音拍岸如此猖狂震耳，這窄迫的四壁，轟隆轟隆響徹！我的驚悲已無法再承受必須立刻逃竄了！

但眼一閃心一橫我又楞縮側轉的身子，鈎髮間我終於認出那靜靜浮現水潮上的暗影竟是慈悲的福德正神，「夜子，跪拜！夜子，向慈悲的福德正神跪拜！」我想我已是淚流滿面吧！月光漸明從壁裂處照入，我淚流滿面但仍能認清福德正神的慈笑一如從前！「再跪拜！天哪，夜子，向福德正神跪拜！……」

從浮月宮跪爬出來，無法忍住激騰我又伏在夜子肩上低泣了。月光挑拉我淚影閃動的眉睫，使我癢得失聲笑起。

我擁緊夜子，脚踏被浪濤衝積成凸堤的碎石堆往南行去。鹼濕的海風已把淚吹乾，我又喋喋不休說起以前如何獨自夜歸，浮月宮的上弦月是如何一種詩的冥想……。我們一步步離開了浮月宮，離開黑髮溪的一切。

月亮照出我們相連的身影。我回頭望，矗立浮月宮後的山岬依然靜默伏蹲海裏，謙卑堅忍的姿勢使我不勝感動肅穆。沿山岬連綿東去的千鳥山，巨鳥般在夜暗裏愈飛愈遠了。

風太冷，我要夜子緊緊偎依我的腋懷，我輕聲說：「夜子，我們回去吧！」

夜子美麗害羞的眼，向前頭渺垠無盡的海灘瞭望，竟哭起來了。像哄慰受驚的小孩，我拍弄着她翻飛的長髮，說：「怎麼怕會沒有地方讓我們回去呢？夜子，乖，我們去找個純潔善良的地方安居下來，好嗎？那裏會成爲我們的故鄉，沒有人傷害得了我們的，走，夜子，我們回去……。」

·一九七七年六月寫·

跛族的愛神

最初的印象在車站出口處。

夏日，逐漸舒緩了惱人的暑熱的黃昏。文文和幾個友人在站旁園圃柵欄外站著，微笑著。林秋撐立拐杖，忘了是端詳暮色或瞭望匆匆奔馳的風景。伊真樸的純靜與秀麗，如曳擺的藍裙顫震著他令他愕然。誰知一切的波濤久久不止已然在心底舞旋起來，像永遠也抖不完的汗像曳擺的身影緊緊追隨。

林秋內心經常在喚她，輕輕的，不知如何啓齒，却又躭憂會驚擾她。

有一次，文文的眼光在無意間瞥見林秋，那或許只是庸俗的一種類似同情的關切，林秋感激的心却如波盪的湖水久久不能靜止，他開始默禱能和她同車而又同車廂，她是安琪兒，不論他的腿可以構成如何曖昧堂皇的心痛，他相信他能接受文文的善意。

林秋下了決心，在今天，堅決佔了身邊的座位，他要請她到身邊坐下。可是直到現在仍然不見文文的踪影，那多叫人心憂啊！真躭心大雨會帶給她什麼令人心慌的事來。老天啊！我是林秋，我是跛子林秋，如果我是丑角而近乎愚昧，你就把眼淚把酸楚種種歸諸我吧！讓可愛的文文仍然平安仍然微笑！為何不叫她坐這班車呢！為何不讓我再看看愉快的她！

車子一離開月台，烏雲開始跟著汽笛吼叫起來，濛著灰紗的郊野，雨正如涓滴的淚淋淋傾落，把車窗構成一臉哀悽的圖騰。

放下撫摸下巴的左掌，和著不安的右手，整齊而又韻律地有如雨點重重拍打瘦癯的雙腿。想到這天氣，這邋遢的沈悶，如果文文在身旁的話，他相信他會愉快起來，並且高歌，灑脫地談這是一種詩情畫意，他要宣佈自已的幸運以及世界的美麗。

林秋頹喪地凝視窗玻璃上滾動的水珠，凝視水珠瘋狂的奔躍，凝視著，笑著，看可笑的風景逝去。

如此過了很久。

當林秋仍專注著窗外，他看見一顆髒而奇妙的水珠逐漸暴漲，逐漸擴大，慢慢的，有一個醜陋的臉孔從中出現，約莫三十多歲光景，鼻子尖長，兩頰瘦而寬突，眼睛呆滯細小，爬滿血絲，配著一對稀疏下彎的眉毛，眉梢有一顆生出粗毛的黑痣，面頰雜蕪著黑褐的面疱，就如神話中狼狽的鬼魔。林秋驚訝的不知從何喊叫。

「林秋！快開窗！」車外的醜人右足細小蹇跛，走起路來搖搖欲墜地猶如岌岌可危的風中殘燭，但他並未倒下，雙手攀住了窗檽，說：「我是愛情天神，號嚴一，我是爲幫助你來的！」

林秋望著他和車外奔馳的原野，驚訝了一會，然後想，或許是上蒼真被他的摯情所感動吧！他把左側的拐杖移到手把上，緩緩挪動身子。林秋剛把窗戶拉高一個小縫時，愛神身體立刻變成麵粉般的一團柔軟滾進來，轉過臉，他已把右腿拉到左膝上，端正坐著，悠閒撫弄林秋的手杖。

窗外傾盆的雨點立刻蠻橫淋濕了林秋，但嚴一天神却只有些微的汗熱，他把來意重說了一遍。

「你真的是神明？一位愛情之神？」林秋仔細打量他的打扮：片片汗斑油漬的紅襯衫，邋遢破皺的黑西褲，齷齪而充滿疲憊的體態。林秋對此很難相信，他認爲神靈的穿著該是豪華的金身，何況，他是跛足的，跛足的神明如何幫助跛腿的他呢？

「嗯，」嚴一天神露出黄烏的牙齒，一陣口臭飄來：「我下凡幫助愛情不如意的跛腿同族。」

「我們一定需要幫助，你需要我也需要，我們需要平等，我法力無邊，我將造福予你，我要讓你幸福。」天神從口袋中拿出一張印有住址的名片，遞給林秋說：「需要時按址找我，我會爲你盡力！」

林秋看了看，正想啓口，但嚴一天神已飄出車外，在呼嘯的風雨中濛然消失。

「喂！等等啊！天神，我現在正需要你幫助啊！」林秋向隱去的影子叫喚。

「不行！」

「爲什麼啊？」

「這樣公開別人會譏笑我們，跛子是不能談愛情的，你該知道——癩蛤蟆不是很高尙的稱呼吧？我可不是來誇張你的愚昧的，別性急！改天找我談吧。」

天神消失後，林秋的雙手在窗玻璃上猛抓，大聲叫著，他向天神提出抗議：跛子也是完整的人啊！跛子跟其他的人原就該平等的，我喜歡文文是一種深摯的真誠，那是值得歌頌的，難道這就要成爲宿命，成爲別人諷刺的喜樂嗎？

林秋雙掌貼熨玻璃上的冰凉，重重跌坐椅上。車外雨點更加猛烈了，猛烈敲打著他。他臉色蒼白地窺望四周，真痛心別人會爲剛才的情景嘲弄他，心惶忐忑地打量四週的旅客，但願啊但願景況不會叫他太難堪。……

奇怪的是旅客們只顧打盹，有的睜望天花板，有的埋首於書，方才的一幕似乎只是幻覺。林秋在訝異中興起一股甜蜜的欣奮。

隔晨一早，林秋搭了兩個時辰的火車，在一個荒僻的小站下車。按照路人對名片上住址的指示，蹇跛地握著拐杖在塵砂飛揚，蔓草蕪雜的牛車道上走了一個小時，才到他所要找的小村落，這時已近正午，身影只剩下一團扭曲的橢圓在地上殘喘。

他走到一棵榕樹下，問坐在牛車上納涼的農夫，是否聽聞過愛情天神，每個人都疑惑的搖搖頭。他補充說，以一臉嚴肅的表情，希望不致於引起他們的譏笑：

「一個三十多歲的跛子，名叫嚴一，外表平凡，他……」

「噢噢噢！原來是說那個瘋子！」一個胖胖的年青人甚是驚訝，打量林秋，注視閃熠陽光的拐杖一會，歪著嘴問：「是你的朋友？他竟然會有朋友？多可笑啊！你竟迷信他真是神，哈哈！瘋子真是愈來愈出色了！」

「聽說他的法力非常廣大。」

「你和他一樣，腦筋也跛了！」

「有什麼好囉嗦的？」一位覆戴斗笠的老農夫吐了口烟，無奈地揮揮手說：「去！去！這條路盡頭向左轉有條石子路，走完後，一片甘蔗園過去的破茅屋就是了。」

林秋道謝離開，背後有人笑罵著他是瘋子，有人說他走路的姿態像被閹的豬拐著腿打滾。林秋望望太陽，甩甩臉。不想介意自己的表情，不想嘮叨感嘆，咯咯地笑，用力揮動拐杖，瘦瘠的腿更迅速地擺前挸後。

整個鄉野幽靜如田園詩，找到茅屋後林秋招呼半晌，只傳來幾聲雞羣的驚惶；繞到屋後，牆邊呼睡的三隻小豬，嚇得在欄柵內東竄西撞。

「天！」林秋真是欽佩，神明竟有如此雅興，但却因之不明白：下凡的神明養豬幹嘛？他幾乎笑起了。

林秋在旁邊高聳的蔗園繞過去，不遠處有位女孩提著水桶從菜圃走來。

看定後，林秋驚喊起來，他真難相信世間有如此巧合之事，除鼻子較尖長，而讓人覺得醜陋外，這位十七、八歲的女孩和文文的面容多類似啊。而他立刻後悔了，他不該把這女孩拿來和文文比，文文是很漂亮很迷人的，沒有人能和文文相擬。

「先生，請問……」女孩紅著臉，摘下斗笠，非常尷尬地。

「妳是……」

「這是我的家……」女孩的小唇微微張啓，竟像文文的表情。

「聽說天神尊居在此？」

「天神？」

「名叫嚴一，三十多歲，人很瘦。」

「是嚴一，他是我哥哥，他剛二十，」女孩說：「在村北的大路，他每天都在那兒。」

「那他該很年輕啊！」

「他跛腿，別人看不起，他很自卑，也很憂鬱。」

「那是命運，」林秋端睨手杖的蒙塵，說：「他沒有理由難過。」

「你該幫助他的。」

「需要幫助的是我，我從很遠的地方來找他。」

「先生，你會失望的，」女孩低沈著聲音，說：「嚴一不過是個可憐的跛子，我說過，除了憂鬱，他難以讓你獲得什麼。」

「不！」林秋抬高聲音道：「他是跛神，他法力無邊，他將幫助所有的跛子！」

「真感謝你還如此看重他！」女孩哽咽著：「但他每天只會蹲在街上，他視自己爲廢物，讓別人唾棄。」

林秋立刻就告辭了，他很疑惑。

拐了幾條風塵僕僕的石路後，林秋終於在女孩指示的路上發現天神。路是村中最熱鬧的一條，中間柏油，邊旁爲舖著沙石的牛車道，在路的兩側整齊地排列著住戶和商店。嚴一天神的背後是被修剪成籬牆的一排灌木，蹲坐著的他，猶如一尊荒廟中的木偶。

林秋在小路的轉彎處停了下來，並且把跨出的拐杖儘量往後收，左手扶在電線桿上，探著頭。他覺得嚴一的姿態並非天神，而只是路邊行乞的叫化子。

有兩位穿迷你裙的女郎在經過嚴一時加快腳步，天啊！嚴一天神竟跪著搖幌空空的小鋁盆，在背後竭聲呼叫。

「小姐！」林秋招呼從身邊擦身而過的女郎，問：「他對妳們說些什麼？」

女郎望望林秋的拐杖，使了一個輕蔑的眼色，蹬起高跟鞋，橐橐地挺著胸脯擦身過去，林秋只隱約聽到她們說：「都是不要臉的神經病，愛得瘋了。」

失望與跟隨著的幻滅是無需猶疑地破碎了！有一天文文也要這樣殘忘地毀滅我的一切吧！林秋唉林秋你是個跛子，這是宿命呢林秋？宿命註定你的夢也是殘缺不全的，你握的是拐杖不是關刀啊，設若激情令你落淚，這是宿命永遠不能想望超拔啊！

林秋失望而又氣憤地轉頭回家，他對自稱愛神的嚴一痛心極了，覺得他像專門說謊可憐又跛脚的惡鬼。

日後，林秋對文文的感情却愈加深濃，那該如何去詮釋呢？不管是上班通車或夢中，腦海裏總漣漪著她輕翕嘴微笑的神情，如同清香的幽蘭，林秋禁不住地希望感受她底芬芳。

有天下午，那真是美麗而出色的日子，林秋樂得直心跳，因爲文文站在他身旁不遠的地方，她的眼光輕觸著冰冷的拐杖，傳給林秋一股能鮮明意會的溫存，林秋真希望能過去和她談話，縱然只是無關緊要的一兩句。或者，對她笑一笑，笑一笑。

畢竟他不敢，畢竟身側的拐杖和瘦癯的雙腿是最直接的衝擊，或許所謂的自卑，他能自信不再像年輕時淋漓著他的哀愁，那麼，就說不想驚擾她吧！那是多麼迷人的一種矛盾啊！

就在這時，嚴一天神幽幽地顛跛走來，滿含神威地對著林秋，比手劃脚指責，說：

「你這戇傻子！你不要我的幫忙是永遠得不到愛情的！你忘了你是跛子嗎？」

說完後，立刻頭也不回的飛騰而去，林秋仔細一看，發現他身邊有一道神靈所特有金黃色弘光，林秋開始後悔了，他有神力的啊！他外表的平凡與淒涼正是他不可解的神力啊！嚴一離開後，頃刻間，天空雷電交加，田疇綠野濛著鬱鬱的一層黑幕，他把眼光自窗外收回時，駭然發現文文和一位青年攀談著，他聽不見他們的談話，只知道愉快的表情是迎面劈來的響雷。

他是個瀟洒的青年，他站立的姿態是不可撼搖的山色，是迎面劈來的響雷！

猛雷兇猛地襲來，打在林秋的太陽穴上，人和拐杖從車廂前豬一般被摔到車廂後，全身已癱瘓了，鮮血順著雙頰流。

一團熟悉的黑影慌忙奔來，那不是文文嗎？天啊，那不正是美麗的天使嗎？林秋撫著傷口像撫著碎了的心，他用力要撐起身子。

「先生，傷口很痛嗎？」一聲音充滿至誠的關切。

當女孩蹲下時，林秋才明白她並非文文，而是認識的醜女孩——嚴一的妹妹。

「別理我！別理我！」林秋失望地讓身子頹臥下來，他相信一切的一切都碎了，都完了，所謂期待都已無濟於事了。

「我扶你回去好嗎？你的傷不小。」

「不用你管！」林秋故意放大聲音，似乎希望文文能夠聽見，他咬緊牙關，看女孩哭喪著臉離去。

回家後林秋就病了，醫生的診斷是感冒，但他的病症却是心中陣陣的絞痛和太陽穴隱隱痙痛，尤其是每在夢及文文變成一臉垢汚，披頭散髮如女妖般獰笑地和男生談話時，雷聲又會猛然將他痛苦地砍醒。

而奇怪的是每次林秋痛苦呻吟的時候，女孩的影象總如文文以前般美麗地飄來，她溫柔地爲他撫揉痛楚，爲他敷藥。

林秋畢竟是容易被感動的，他的心中逐漸有著矛盾的紛亂。

林秋突然靈感地想伸手去握握她，他相信她的手是溫暖的，但頓時僵痲了；想說一些感激的話，喉嚨也變成沙啞，他唯有望著她，像從前望文文的沈默。

在無助時，嚴一纛著身子自空而來，像一隻瘦弱的禿鷹晃顫棲落，兩腮的翳鬚幾乎遮住了整個臉，衣服襤褸，使他更像是躑躅瘋狂的乞丐。他以一種並不堅強的語調指責他說：

「林秋，你既缺乏勇氣與信心，怎不叫我幫忙呢？你難道想像其他跛子一樣，飽嘗失敗嗎？」

「你看看她，怎叫我不心動呢？她所給我的足夠叫我縱聲奔馳了。」林秋望著女孩遙遠的背影慨嘆起來：「可是，或許她只是出乎同情罷了，啊！天啊！那又何苦呢？我是不會接受同情的，上天賜給我別人所沒有的拐杖，我已沒有理由貪妄其他了，偉大的天神，你究竟真能幫助我什麼嗎？」

「去你的，林秋！」天神的臉脹紅起來：「我以尊神的身份警告你，你千萬不要侮辱了我們跛族的每一份子！你要明白並非只有跛子才須要扶持，文文跟你一樣只是一個人，她沒有理由超越我們，我們仍是完整的，既非廢物，更非可隨意揮就的殘渣！」愛神結結巴巴大聲講話的同時，他的鬍鬚跟著飄颺而起，有如馬上英姿嘹揚的將帥。但林秋對他仍無法信任，就如嚴一這種說話時吃力的口吃，曖昧的使他想縱聲大笑，對於跛族的天神來說，能賜給他健全的腿一樣的力量嗎？

「我再告訴你，我是造福所有跛足者的偉大愛神，我法力無邊，任何須要我幫助的人，我絕不會讓他有過失望！」

「可是！」林秋還是不勝誘惑的，但一想起以前找他時，他蹲在路邊的情景，使他又心灰意冷起來，他乾脆直捷問他：「有人笑罵你只是可憐無依的乞丐，你大可降法力給他們一些顏色瞧瞧！」

「幹你娘林秋！你這個爛跛子！」說完後，嚴一氣得踉蹌奔來，抬起萎瘦的腿往林秋的腿踢下去！口中還喃喃地咒罵粗話。

驚愕的林秋，猛然奮臂舉起拐杖竟像斬亂麻的彎刀憤怒劈向嚴一的左腿，「不要臉！你才是丟我們跛族的臉！……」

嚴一天神小孩般尖聲哭叫，抱頭隱逝！

林秋把拐杖向牆壁用力一丟，抱緊小得有趣的膝蓋，抱得兩掌發麻，低頭猛咬牙關跌坐冷冷的地上。

「你不了解他。」

不知何時，女孩幽靈般出現身旁。遞來一杯水給林秋，說：「他一直無法爲愛情超脫，他仍苦苦期待。」

「他是愛神啊！」

「神就不能傷心事嗎？」

「所以他跪著，所以他向女人行乞？行乞愛情？不覺得無恥啊？」

「他乞求的是真正的愛情，你知道一個耽沈過甜蜜的人是如何難以自拔嗎？你知道猛然間發現最尊嚴最崇高的竟是夢一般虛矯不實時是如何痛心疾首嗎？」

「那太玄了，其實，他可以學會遺忘的，是真的，他太過份了！」

「你明白他是跛子嗎？跛子是沒人看得起的！」女孩囁嚅地離開，回過頭，他說：「他沈迷得太深了，太過愚昧了！」

「女孩！妳等一下……」林秋撑臂彈身向迅速消失的身影叫喚：「那妳呢？請妳告訴我，你看得起跛族嗎？女孩！妳看得起拿拐杖的我嗎？……」

四周恢復了寧靜，一切都是虛幻一般。林秋定神觀看窗外，圓圓的月亮仍然高懸著。灰黑的蒼穹裏，雲朵正如浪花追逐。

唉，爲何要拿自己的苦痛來刺激嚴一呢？他的疤傷真是不堪回首不堪刀刄吧！

林秋決定明日一早就去找嚴一天神，他在思省的歉疚裏，感覺一股同族溫暖而熱切的感傷了。

到村子時，林秋遠遠地看到上次嚴一蹲踞的路旁圍了一羣人，他好奇地加快速度。大家議論紛紛地比手劃脚，林秋用拐杖把自己撐高了些，終於看到一株光禿得帶有幽默姿態的枯樹幹，歪斜立在天神上次蹲坐的地方。

樹幹約莫天神的高度，髒而破舊的小鋁盆像一頂小帽子戴在樹端。

「他是神或是鬼？」林秋前次問路的老農夫揮著手中的斗笠，說：「昨天深夜我去朋友家吃酒，回來時還看到他蹲在這裏，誰知道今天一早竟變成樹幹了，在我想一定是閻羅王來召他去了！」

「他行乞的鋁盆竟然還戴在頭上，這個東西一定有問題。」一個肥胖的中年人對農夫說：「把它摘下來看看是什麼名堂？」

老農夫伸手想把鋁盆拿開，用力掀著，鋁盆却似紮了根似的。「怪了，要去廟裏問上帝公祖是怎麼回事，恐怕我們村裏會有什麼事要發生了。」

林秋望著樹幹，靜想嚴一天神或許回天庭去了，人世的情愛必然令他心灰得不能救拔吧！

想起他那臉憔悴而又淒楚的臉容，想起他行乞時不可理喻的醜態，林秋激動起來，悲痛地想要擁抱這株歪斜得令人發噱的樹幹痛哭一番。

吃力地擠過人羣，想起他茅屋中的妹妹，血液溫熱起來，他要去接受她的關愛並且關愛他，可是嚴一走了，一個有法力讓他接受愛情擁抱愛情的天神走了，他的希望真的永遠只是夢幻？因爲他是跛子，林秋確信，一切的一切只是因爲他是跛子，甚至跛神如嚴一也無法改變他的宿命了。林秋用左手撐穩自己，他舉起手臂舉起拐杖劈向樹幹，他寧願讓人們說他是瘋子，他舉起拐杖，他要用他的拐杖把樹幹劈斷，不！不！他要把樹幹劈正，他無法忍受這株歪斜得令他悲憤的姿態，他要把歪斜的樹幹劈正。用力劈正！……

「林秋，不要！不要！……」一個女孩從人羣中擠過來的同時，林秋已失勢地像一隻斷槳在嘩啦嘩啦的水聲中跌落。林秋在飛騰的砂塵裏轉臉一看，竟是嚴一的妹妹。

「林秋，你爲何要打他？你會讓他痛心的。」女孩啜泣著：「嚴一臨走前答應幫助你，他淩晨時離開了，他要爲你祝福。」

林秋經過女孩的提示，挪近跌痛的身子，仔細地觀看樹幹，發現了幾個細小的字：「把樹葉摘下，你就能得到你所願望得到的愛情。」

「樹葉？」林秋疑惑地望著光禿禿的樹幹。

女孩向鋁盆使個眼色，林秋看看她，想到美麗而迷人的文文，他甩甩頭：「不！不！」他想起那次在火車上看到文文，和一個英姿翩翩的男孩談笑，他整個人立刻哆嗦起來：「不！不！不要去想文文，她太遙遠不實啊，不！不！不要去想！那永遠只是一個令你傷痛的夢幻！那只是一個愚昧的無奈！……」林秋立刻讓自己回轉到身邊的女孩，她曾那麼貼近地給他一股溫熱的希望，林秋曾那麼熱切地盼望握一握她溫暖的手。林秋立刻把身體坐正，他用右手舉起拐杖挪動鋁盆，鋁盆突然像一片樹葉輕輕地飄下來，飄到林秋的手中，竟是一片類似夾竹桃尖尖長長的葉子。

那表情或許是一種疑惑，或許是一種期望，林秋把臉仰起，看著心動的女孩。

「不……不……」女孩詫異地睜大眼睛，「林秋，我不能，我只是個醜陋的人，林秋，不！我不能我不能……」女孩的眼睛濕了起來。

「因爲我是跛子！」林秋握緊樹葉，叫喊！

「不不！這只是嚴一的意見！他是我哥哥！他是跛子，他說他要我快樂要我幸運，他說我不能和跛族廝混，這是他的意思，他說我是他唯一的妹妹，這是他對我唯一的要求。……」

「好！好！說得好！……」林秋就這樣哈哈地笑起來，他望著手中的樹葉，望望樹幹，哈哈地笑了起來，裝出一臉感激而又滿意的表情，斜斜臉，笑笑，把樹葉裝進上衣口袋。

林秋坐好姿勢，雙手握緊拐杖，稍稍斜了身子想把自己撐起，泥沙太滑，一不小心，他又跌坐下去。他吃力地笑，不再造作令自己發笑的表情，他要讓自己站起來，他要回家去，他要在日記上再重覆寫些發霉的字眼，比如說：愛情只是曖昧愚昧的夢幻，一個傳說，我是跛族所以我有智慧確認自己活得痛快，並且大聲豪笑。

然而，當林秋又吃力的把身子撐起時，他發覺身後有人靠了過來，有兩隻溫熱的手代替了他冰冷的拐杖將他扶持而起。

他驚訝回過頭，竟是女孩囁嚅的臉。林秋的激情湧動著，林秋又大聲笑了起來，他讓身子成爲一種輕柔，並感受溫熱的手成爲比他拐杖更貼切的力量扶擁著他……。他不顧一切地接受了女孩，並讓她接受，甚至於在他從她醜陋的臉容聯想到美麗迷人，並且相信能構成更溫柔的感動的文文的同時，他已不會去計較一切了，他需要的是溫暖而非夢幻，他願意擁抱女孩像擁抱世間的一切驕榮。林秋讓自己激情而近乎放肆地豪笑起來。

林秋和女孩回去了她的小屋。

整個下午和她一起到菜圃澆水，養豬和用餐，林秋感受著幾乎不能負荷的豐富，以致於令他頻頻不能自已地笑了起來。

他撫摸著胸前的樹葉，感謝著嚴一天神並以自己身受的幸運爲他有所感傷，他相信他能珍惜這賜予的一切。關於文文，就讓他接受自己的祝福，反正對於完美的一切，林秋也沒有必要去求醉了，他只希望平凡的他能從此擁有平凡的機遇，只希望從此心中就亮起一盞燭火，飄搖的就讓它成爲往事，蒼涼的殘缺的成爲昨日的名姓。此後他將是一株樹挺立風雨裏而不流淚，歡喜心動的林秋已宣稱自己的幸運以及世界的美麗。

日暮時分，天空突然烏雲密佈，林秋和女孩彼此一再叮嚀著保重保重。

「我們將再見，將思念。」林秋微赧的臉在將雨的暮色中顯得特別感人。

火車進站時，兩人在催離的雨聲中揮手道別，林秋找了個鄰窗的座位坐了下來，望著窗玻璃上的水珠像跳躍的音符，他撫摸胸前口袋的樹葉，想著，天神如果又能出現，他將告訴他美麗的一切。

林秋在雨聲中睡去，枕著詩意的美夢。

直到一陣響雷和猛雨的重重敲打，林秋才醒來。

疑惑地回想著夢中向他招呼的女孩的臉容，他想把她想成嚴一令他心動的妹妹，但那不能，林秋確信她是美麗而熟悉得令他不忘去肯定的迷人。夢中，她向他招喚並且走過來遞給林秋一束花，害羞而含蓄，像相知的戀人却又不知從何傾訴。

林秋望著玻璃上的水珠，伸手揩拭迷濛的霧氣。「那是文文沒錯，是美麗的文文沒錯！」當林秋肯定的同時，他不禁又憤憤責備起自己的愚昧和醜陋：「那只是夢幻啊，林秋啊！林秋你早就該醒悟了啊！林秋啊女孩在今天已給你所有的肯定，你爲何還會去想念文文想念一些比暮色更遙遠的落日呢！林秋喃喃自語地，他相信自己早已滿足了，我是林秋，我雖是個跛子，但我的命運是美麗又幸運的，啊啊我不必也不會去作那些可笑又可憐的夢幻了，我不必像嚴一那樣去乞求愛情，我不必痛心疾首，我得到的是實在而非愚昧的虛僞啊，我是跛族裏最幸運的，啊！我早已滿足的啊！」

林秋不禁對自己發笑起來。

林秋把臉從窗外風景轉了過來，心中一顫！他發現身邊坐的女孩竟是文文，天啊！沒錯！絕對沒錯！跟夢中人一樣盈稱的臉，靈秀的瞳眸，小小的唇，短短的髮，羞澀的微笑，那是可愛而令人著迷的文文……。三年了，林秋苦苦地期待三年，他甚至無法肯定這不是夢幻，文文今天坐到他的身邊來了，這麼貼近地令他聯想著不勝感覺的溫暖的宣騰。……

文文微笑：「這是變葉樹，」她遞給林秋一枚類似夾竹桃尖長的樹葉，上方有黃綠色的斑點，說：「送給你，好嗎？」

林秋想起夢中的景象，竟清晰得如同在重覆一番，但這不是夢幻，身邊的文文跟茅屋中的女孩都不是夢幻，天哪，林秋，你將如何去宣稱自己如何去光耀自己歌唱自己啊！

文文的手文文的臉文文的一切都是那樣令他心動又心碎，林秋想著茅屋中女孩所給予他的，令他甚至無從負荷的柔情。如今他幾乎整個人不勝負荷般要傾倒下來，而要倒下來的同時可愛的文文竟用她的嬌柔的雙手給予他拐杖所不能的溫暖力量，那又似乎勝過女孩之給予他的。

林秋不知在如何的情況下從文文的手中奪過了樹葉，他知道火車停了但不知道是否已到家村。他拿起拐杖飛奔一般下了車，雨聲嘩啦嘩啦地鞭打著瘦弱的他和瘦弱的拐杖，「不要！不要！文文不要不要！林秋只是個可憐而又卑微的跛子，美麗的文文妳不要這樣，文文呵！文文妳該是幸運而快樂的，而我只是個可笑的跛子啊！……」

林秋孤零地站在月台上，火車已去遠了文文已去遠了。雨嘩啦嘩啦地鞭打著他，林秋又大聲地笑了起來。他讓左手撐穩自己，把右手的拐杖丟在硬厚的月台上，他在口袋中找尋著嚴一天神給他的樹葉，雨把他的雙眼淋得模糊了，而他的上衣口袋氷冷如拐杖如雨水。林秋整個人伏抱著左手的拐杖痛哭起來，感覺三年的歲月像一場澪著的暴雨，澆淋著他驚顫著他，忘記了日曝的一切，而現在潮濕成為未能知解的霧。「文文，我只是個跛子，文文，妳該去接受妳美麗的幸運啊！……」林秋在月台上在嘩啦嘩啦的雨中痛哭起來大聲地痛哭起來……。

·一九七五年五月寫·

薑

1

我想我必須發誓，對於養我育我的三爺村的這份感情，正深同對於父母，赤子之心是無用聲辯的。但却也未曾因此苦苦等候村人們走來奉承我，把我的呼息烟薰成鄉土意味濃郁的神祇感恩膜拜。那裏有我哭泣着奔離又嚎笑着奔回的歲月，那些砂土禾穗廣袤無盡的蔗園，以及糖廠日夜颺逸的大烟囪，皆已成爲生命的肢體隨時呼喚着我，呼喚着我回去要我重新認讀每一晨昏成長底酸楚艱辛。是的，孤獨，當我在三爺溪畔的汚濁裏辨解身影的冷暗，我甚至想大聲慟哭讓每一株抖顫的萍花都驚愕回頭看清什麼是蒼涼，什麼是悲哀？啊！什麼是海一樣深的悲哀？只能選擇痛哭，甚至連自己瘦冷的雙手也無從探掬？

離家的意義不只詮定所謂鄉愁底感傷。在作決定時，我已預感即將面臨的困苦，就如割捨與別人同樣能去等待的功名榮華。這次對三爺村的告別，不論長久，必也是對騰達因緣的割離吧！吃驚憂心的家人與關心的友好，固然知解我所決意的雖未必會能言善辯般把理由用輝煌豪華的方式展列出來，但那必已是被雕鏤的碑文不能抹拭。他們看我揹着沉篤的背包如同揹負自己的屍身與碑牌，他們哭泣的送別正像哀悼般專誠。

四月中旬的正午，屬於南部的陽先閃耀着，我到就在家旁的小車站搭車啓程。當火車緩緩掠經門前的樹蔭，我用頑皮的笑臉向他們揮手，成列的老榕樹下，大姊兩歲的兒子是唯一保持笑臉呼應我的，我在他幼小純潔的神情裏猜想他年長後的不凡。車子經過我平常散步的三爺溪後，我把窗簾拉下在陰暗裏我開始學着家人啜泣，音聲低微，由於面對乘客我又輕易的找出理由停止。但我滿意用這樣簡捷的方式來引導包容爾後的日子。畢竟我曾表示能哭的男人才算真正的英豪，現在我正作完這句交代。

此次離家的理由，在解釋時的敷衍並非表示我態度是輕慢的，我對自身的信念向來有嚴肅的定義。但我認爲那不是別人能在謹愼自衞的同時所能虛心領會的，以致於養成懶於對家人朋友表白，就經常被誤解是一種疏遠，或把情節想像成去探尋詩文裏的幽美浪漫。人們多在漂泊人底口中聽及哀楚動人的歌唱，而未能真切認讀隱蔽其中之感嘆，甚且聽及的也常被殘酷地指控爲傷情的柔麗幽婉，唉！汚染的世界裏，美的風景人們只能以矯作的姿勢描繪了。而我是一個過份自省而又習慣自刑的人，我的尖刻與叛逆雖能在我鄉土的根性裏作盡量的隱忍，但卻又經常陷溺於敏銳的觸覺中，而不得不開始痛苦孤絕地掙扎。我已疲憊得心力交瘁，但我的信念正是對生命抱持積極精進的奮勉，是的，奮勉苦撐，在未被世界摧滅之前，我必一直堅信自己將可在今生成佛，我將在自己的苦難翻滾裏會悟真正的智慧與慈悲。芸芸衆生雖執着於幽默有趣的蠕動，但我發願在我自渡之後引渡他們。是的，在目前我只能崇拜冷漠之偉大，如此輕易地羞辱着攻擊而來的刀劍。

我在選擇的生活裏，主要任務是用功看書，偶爾也繪畫及參佛。我的行跡是善心的佛寺，非但祥寧，經濟壓力亦可減輕到最低程度。我先工作數月留些錢，必要時再由誠意的友人暫為捐助。

算算，到今天為止，我在這山巔上的佛寺居住已有數月了。我把荒廢在佛寺右坡上方，菜園與山壁間的一間破屋整理之後安居下來。除了習慣性的午後陣雨漏得一屋子潮濕，及入夜後緊緊壓迫着的黑暗與山籟，這裏稱得上十足溫暖出色的。我在用餐之外可以不與遊客及寺裏的任何人會見，數月來我一直鮮少與人正式聊天。孤獨雖成為一種困境，但安寧使我在漂泊的翻騰裏慢慢獲取一份舒息，甚且，與佛相知相解，我所獲得的歡喜已勝乎故往，所以，我更信任牠不久將讓我忘却苦痛的根苗。

是的，將沒有任何人任何事物能定義我的姓名，我的血流已選擇舒緩陰沉但却澎湃浩壯的步覆去包涵海，並寬容所有溪澗激越悍跋的羞戮；我接受所有朝聖的人膜拜頂禮而同時為所有有愛的生命伏首跪懺。

2

這天，我照例在天未亮的打板聲裏披衣起身。然後開始靜坐，試求達到一心不亂，不爲妄心所執。慢慢的，寺裏早課唸經的木魚與罄聲漸漸和鐘鼓一般遠了……。紛亂的理念在晨光從遠山翻騰出來時只留下一句隱約的佛號在心的深處潺潺流瀉。那是最原始的呼喚，像被生長的喜悅所掩覆的乳名，輕聲的呼喚，如何貼切的口音啊！就像回到初生的母體，赤裸的我在無人的郊野行走，點數殘留天際的星光，「煮艾，煮艾，……」那哭聲般感動着的貼切的呼喚啊！只要一抬頭就能握住一雙溫暖招揚的你的手。

你到最遠的苦苓樹後等我
掩藏的身影是一株細瘦的山蕨
我斜掛你親縫的護身符，脚印熟悉
如同笛聲。落雪後的草地
你輕輕踩探鄉音的意義
想見面就如分離吧，我也跟着哀傷

低泣。喔，害羞的臉色唯你
知道。唯你知道喔，我仍是愛家的浪子
悄悄別離，又趕着夜色
在天明時，踏泥歸來

和師父們用完早餐，天仍未大亮。我不去理會客廳進餐的香客，逕自繞着石階回到我的木屋裏。就提着剛畫好底色的畫布和畫箱，沿陰鬱的寺後方潮濕的草徑繞向望月亭。露水搔癢的腳趾，像愛玩笑的孩童作弄我行色的悠然。在大松樹下發現了一顆新落的松果，拾起後一併帶着。

太陽未把遠山禿褐的稜線抹掉前，我把畫布上背景的山又完成了一部份。深而厚的藍與冷綠是我偏愛的主色，坐在用兩枝竹幹橫架的椅上，涼意傳達我的全身；陽光和早起的子規與蟬鳴在四週問候我，孜孜不停地討論我即將暴笑開來的嚴肅專注。

回去時沿路扭動雙肩並深呼吸，踢踢筋骨，一條青蛇嚇得鑽回草叢裏。看到了大蚱蜢扒在松幹上，畫箱擱置腿股，從背後把它捏起，面着陽光，問它：「蚱蜢，蚱蜢，太陽是否已出來？」它的兩隻前腿對着虛空抓搖，點着頭，「蚱蜢，蚱蜢，太陽是否已出來？」又點頭猛抓，我把它放回原位，它忘記逃只疑惑傾聽我的笑聲。

我隨口吟唱嘆亡的偈讚：

「春宵夢夢春宵，一夢春宵夜復朝；昨日少年騎竹馬，今朝化作白頭翁；從此去莫心焦，一世奔波夢一宵。」

到達了寺上方，從樹叢後望見一個人影正沿路階上來，匆匆經過菜園直往我的木屋前進，忙停住脚步在樹後觀察。口中仍接續吟唱：

「黃梁夢夢黃梁，一夢黃梁飯未嘗；腰金衣紫今何在，白骨荒坵葬地埋，從此去莫思量，富貴功名夢一場。」

好一個魯莽的遊人竟然闖入木屋裏，或許只作好奇的探望，但他的停留已然超過我的默許，就加快脚步行去。適時他走出門來，高大的身影匆遽要從路階返回。我認出那熟悉的姿影。必然是黃郎、李花落那位盲了右眼的同班好友江漁。他曾與黃郎在單車旅遊裏，共宿在我來寺前落脚臺北時的一位友人租貸的屋裏，但未曾彼此交談過。我猛然大聲叫喚：「江漁！」

他驚愕回頭。

「江煮艾！」陽光迅速用重逢的熱情撲上他的顏臉成爲一朵欣悅的圖采，迎來。

「昨夜從隔房的少年得知你仍匿身在此，但晚鼓已過，不便上來。臺北的初逢後我們還曾在中部碰過面吧，當時藉黃郎和李花落之口得知你到過此寺，但昨天黃昏上山倒未想念你竟仍在此。該是緣份的重逢吧！我和李花落料想你又漂泊異地。」

江漁缺障的右眼容易使人對他虔誠的眼色產生錯覺，雖是中部大學的中文系學生，但傳統血源的碩壯身軀和黝黑篤實的臉容，仍會被認爲是一位勞累窮困的農夫。我在他懇切害羞的語音裏會悟他有潛藏的優越才華。

「煮艾，或許你該已不食人間煙火吧！只偶爾擺些憂鬱的愛情在你素食的餐盤裏。」

「當我把李花落的容顏展現成一幅清明的懷念，我在山谷的冷寂裏開始認讀禪靜的神聖，我的滄桑迫使我不復成爲純情悲壯的守望人。」

「在蒼遙的山巔，你瞭望的瞳仁可曾回首闇夜的招引？多難的江湖唯你提醒斷劍的威名，而漂泊的棲息裏，曾否想念一盞燈燭站立轉角的街口勇敢爲你亮起她的芳名？」

「罷了罷了，」我笑道：「我不復信解有誰能真正認讀愛情友情，獨我了知江湖險滑在最後的顧盼裏有一枝冷箭射入跪偃的蘆叢。」

我們穿上布鞋和粗布衣服，我手上握着自己削取的蛇頭杖，行經師父們居院前整齊羅列的松林，跨穿斜坡上成列的梅樹。

到山巔上的斷崖可從樹縫中眺及對面擁抱成羣的山丘及丘後一片發亮的海。每在黃昏雨之後到此散步，暮靄使濤光閃熠順着風聲總覺聽及了那聲澎湃。就像那遠不可及的記憶中的東部山水的呼喚，我預感不久後我會再回去與故人擁抱痛哭。

那眷懷着過往的花蓮的深夜，我曾在砂石的灘上躍入凍冷的波浪裡，那刺烈的冷是刻骨的傷害，我高聲呼喊一個女子的名字，抖顫痛楚，嘶竭反覆地呼喊！夜已很深了，才和黃郎及花蓮的友人靡子到一間中學的敎室過夜。而夜冷總在夢熟時無情地踢醒單薄的我讓我在望星的孤獨中以哆嗦自慰。——永遠是一個悚懔但却相知的故人了。當海的呼喚在心中敷慰我療傷我且引誘漂泊底血液再再湧騰，我虔誠激越的感動曾在夢裡戮發哭聲。

「……那是生命的故鄉麼？那幽微溫涼的鄉愁呼喚着我歸去，歸去初生的母體朗讀童話般傳奇底身世。」

那段日子的憂苦裏黃郎是我唯一慰安的友人，使我從少年開始鬱積的悶煩與抱負得以真正用言語說解出來。他是個負有才華而又絕頂聰明的人，曾在高三休學瞞着家人到各方浪走，曾以魯賓遜自稱，偶爾作些感動的歌曲，有段日子我們經常感傷地哼着：

我看到一張迎風的臉，
我聽到一則風裡訴說的故事，
我的朋友啊！離別只是一種甜蜜的憂傷；
當我們年輕的時候，我們有快樂我們有歡笑，我們有陽光的季節……。

後來他回去他的故鄉一間私校重讀，隔年夏天考上了中部的大學。據說未久已被系上的主任教授們所激賞。他仍保留年輕的那份尖銳叛逆不慣隱藏，和江漁騎車旅遊路經臺北時曾介紹我來此寺。回中部後，校方只要記他一人大過以儆他一而再的漠視課程，但被賞愛他的教授們所辯護。他說：「我必須努力替學校爭口氣以不辜逆寄望，這一切留待我往後展示。」黃郎對文學藝術的觀點堅持磅礡沉潛，深而廣，這是和我相近的。有一次他看我又風塵僕僕地漂流前去，拍着肩對我說：「煮艾，不要認爲幸福離你遙遠。」他鼓勵我對他底同學兼好友李花落作一份純情的投擲，去堅持溫暖，堅持「家」的信念而把漂泊的酸楚潰忘。

這一切，黃郎忍不住湧動身着油畫筆在粉白的牆壁上和吉他寫著詩：

在酒旗招揚的野店，
我賣唱酗酒並汲汲交換流浪的方向，
我唱着回憶唱着憂傷，
聽我唱一首歌，一首歌名叫遺忘……。

首次去學校找黃郎是去年初冬的事了，當時我適好回到三爺村，整日因風砂的飄颻沉思過往。突然收到他一張字跡潦亂的信，說：「兄弟憂鬱哀傷地在房內獨自醉酒酩酊，煮艾，來看我來看我。……」兩天後我一身落魄的去了。

見了面後他說他曾向一位叫李花落的同學提到我，她很想認識我。跟陌生女孩的認識毋寧是一種玩笑，我倦於和不能相解的人作無謂的面談，但他強調她是個例外。我答應的輕慢幾乎引起他的不快。那天夜晚，我們三人在一個幽靜的漁池旁唱歌，李花落彈着吉他，美麗的臉容唱和着我漂盪底血流湧動的哀悽。月亮斜掛樹梢，我突然用點菸的火柴把枯乾的草燃點起來並增遞不斷，在火要停時，黃郎突然喊道：「煮艾，把詩稿拿出來！把詩稿拿出來！」我在他啓口之前已默契地打開背袋，我們把詩刊裏自己的作品和未完的詩稿迅速朗讀然後丟入火光中，李花落微笑以歌附和，柔婉而帶有激昂。我靜靜端望她的羞澀，開始用心去預想一種情愛在心中悲壯爆發，啊！我對李花落的瞭望就像蛾蝶逼視火花。

對景態事物的迷戀毋寧是愚昧的刑害，我雖輾轉處於追尋的匆忙裏，但我的理由只爲了過程的深刻吧而非執意於成果的碩美。

當早晨的陽光從山背以朱藍帶紫的光芒來烘染林木墨綠的嬌貴，我會貪婪去觀賞自然底美好。是的，我回想我總是突然在夜晚坐了夜車去中部，到時天仍未亮，我雖握着黃郎給我的他房門的鑰匙，而我未藉此理由去叩醒他以拯救自己的疲憊。沿途四十分鐘的路程我在路旁摘折一把柳枝野花。都市裏寧靜的街道上我踉蹌的步履不像一個興奮於早訪的遊人，那慢慢踱來的清道夫和準備販賣早點的人家疑惑猜想我是否遠地歸鄉？

從半啓的紗窗外端詳黃郎熟睡的姿態，輕輕喚他不致驚醒他，然後把大束的草花擺靠他的木門上。又離開轉到他們學校寬廣整齊的校園，龍桐花和杜鵑正熱切地盛開如同久候着接迎，細瘦地隨風微微招手，我因睏倦就在花下猶濕濡的草坪睡起。

這樣地在晨涼的睡夢中囈語般輕吟，像真誠的祝福，噢！多希望我的友人安祥在他的日子裏熟睡永不復漂泊，我匆匆而來又必當離去，不能尋得何處能真正安眠。昔日，在他南部的家鄉新營鎮一條圳流旁的闇夜我們對坐草徑上，面向偶爾有火車馳嘯而過的軌道注視圳流裏月亮與蘆叢的倒影，背後是收割後的灰銀色稻田。那般相近的脈動訴說雖身處家中而實則是一種被枷鎖住的湧動，奔竄掙扎的靈魂只能選擇漂泊但又無法去呼喊。就這樣爲彼此的困苦慰安，那般熟知彼此額間的風雨的闇夜啊！在南部的故鄉在我晨涼的睡夢裏回來說解着什麼啊！

我知曉龍桐花下的舒息會
掀起一條溪，穿穿流流如回憶
涉水女子已換深紅的長衫
撫琴歸去。必已淡忘我底名姓了
你的芒鞋曾踢盪憂憂苦苦的

冷落。凋萎或許溫存或許美好
花叢下我沉默不提露涼
而你暖暖的藍被正捲向額頭
仍否能望及我窺探底蒼茫？……

「不要讓自己死亡，復活永遠是一種困難。」我在逃避着虛無並嘲笑情愛的美名嗎？我在陌生的街道行走，如同一種呼喚寫在峭高的崖壁無人認讀。這樣地執迷着松音濤聲，哀婉的悲壯類同呻吟，是否李花落的絃琴能共鳴？

「一面執着於靈魂的自尊，一面又深知並蠕進於自我的無知。」

「我們都是易受傷的，易發愁於風雨吹打的殘破。」

「而我們是不被容許如此多變，而自己又不容許替自己辯解。」

「這樣我們才能成爲我們吧！這樣每天每晨每晚的日出日落才會顯得如此富有。」

萬法無常却又必須承認成住壞空過程的諸種假象。在度向滅亡的途程裏，我的執迷只爲了表明對永恆底崇拜；永恆者是佛，自己將否成爲一尊不滅的佛？那夜車的風冷裏，窗外暗昧的田疇成爲一面鏡，我用風塵的飛揚掩覆奔亂的烏髮。飛揚，爲了證實成長的羞澀，我傾聽故往的醉意飛揚而後落下軌道，輾濺出一株血紅的苦蓮。

江漁說：「那一次你到中部却不在黃郎處過夜而去尋訪另一友人，隔晨他向我提起你們之間隔閡的不幸。他說你走後他用畫筆在木門上大大寫着等候煮艾歸來而一夜你未再回來。也許是他自身的安定與你們長久的分離使彼此不再如過往契合以致心中產生疏離。」

江漁跟隨着我在陡峭的山背上攀爬，我的手已因兩次滑倒劃破而抽痛着，他說：「小心，別讓不幸占據！」我的脚踩落一塊蓬鬆的岩石嘩啦啦地滾撞山下。

「若真死亡也不該提起以免觸發敏銳，」我說：「其實友情是能夠誠懇信解的，我和黃郎的疏離只是某種成長過程的必然。他或以爲已能在苦難中超越，故難以再貼切熟知彼此的困苦，不能了知我的呻吟同時是一首歌呢。漂泊的落魄蕭然總被碑石的滑亮所陷，但我是個隱忍謙卑的人，過份的自刑，連他也誤解是掙扎的卑委。」

「他是忘却自己所以能有成長的喜悅，其實也因由於對困苦之哀楚難忍。」

「我和黃郎之間沒有真正隔閡，他對我困境的猜疑漠視，是一種同情的方式和復活的引鑑。只因我們都是過於疲弱而又相知過深過遠，相知於早歲的不幸裏那彼此提及的，已覺得是一種幼稚的呻吟感嘆。當苦楚艱辛的一段成長後，回頭一望就被羞愧漲酸心房，不得不爲了維持奮鬪的信念而以偉大之想像來護衞本身。這一切的酸楚無奈，但願我自己真能信解。」

「也許我們只該預測遠景的美好。」江漁微笑望我。

我們從一片矮竹林的紛亂裏摸索到幾株碩大的楓樹下時，雷聲突然擊破烏雲。我們一齊高喊：「小心雨，不要被傷害啊！」

瞬間，雨嘩然淋下撲濕我們驚愕的身子。已在山壁上攀爬約近一個小時不能再探索回頭。現在唯一的方法只有沿雨水沖流的溝道下山。逡視間發現在樹叢上方有一個可以稍爲避雨的岩壁，連忙和江漁爬去貼靠在凹窟中。汗濕雨淋把我們誘入一種惶惑裏，但立即被我高頌的佛號擊退。這只是個五百公尺的山丘，只要不掉落，我們仍可輕易下山。

沉默過後，江漁緩緩提起李花落，我冷靜析理遙遠而實則仍貼近的感覺。……

李花落被我以情愛堅持，終迫使她對友情而後以親情爲由的關愛一齊破損。我和她的分離或是一份惆悵但該先詠讀誠意，雖事情出乎我自塑自破。我以爲我是能知解她的吧！但在我緊緊擁抱她時自視聰敏的她必仍難理解我的體溫。她自身情境的缺漏，我何由掛擠心中的憾怨？罷了罷了。而她竟也自謙自己不是特殊的女子無法完全體會我的哀喜。只是，我在初次聞聽她歌唱時，已決意對她作一種魯莽的投擲，雖非悲壯的殉情主義者但自刑的理念讓我在自裱的尊嚴裏堅持原則。結局是，我終又對所謂「家」的想望，如添一份嘲弄，且對自己的詭異心懷愧疚。或許淒美總是最後的堅持，我們只好選擇離別，留下不再相契的關懷正同回憶之哀涼。

「草露風燈，草露風燈閃電光，草露風燈閃電光。」

「人歸何處？人歸何處青山在，人歸何處青山在。」
「總是南柯，總是南柯夢一場，總是南柯夢一場。」

是的，在我年少第一次的愛戀開始我已懂得走向三爺溪軌道旁鮮少人通行的窄小鐵橋上舒發自己的愁思。雖然大烟囱下的糖廠把沙流弄得溷濁，但夜晚仍可清晰辨認月影。我曾在溪邊垂釣並大聲朗讀自己的詩篇，我隱微聽見前方日及處的公墓裏有招喚的烏髮。啊！是誰的烏髮不去謙誠認讀安息的美好？誰閃熠的燐火在夜風下隱沒野草裏如同藏身於自瀆的悲楚？……

雨雖已停，而潮濕仍像困阨的頸圈，叮囑自己在山壁上屏息於砂土之鬆動。且頻頻因不能在手握的藤杖裏獲取可靠的依附而驚懼膽慄。對李花落我該再訴說什麼呢？任何女子任何友人誰真能知解風向在我的脊背正如何刷洗苦行的溫暖或蒼涼？不要去迷信殉情的堂皇也無須理會自瀆的悲壯。當夜晚的星亮起，我背向黑影作一種起跑的姿態，但瞬間我殘酷回頭猛力踩踏自己佝僂的身姿。如果你了解隱忍與寬容的可貴你必同時去姦殺孤獨的神聖。是的，功名像一株薔薇抓緊之後它的凋萎如同一則羞辱的訓示。你到屋前的古榕下靜坐，到軌道旁任火車從身側掠奪思念的淒美，也到三爺溪的浮沙畫一幅山幽水深吧！沒有人能抵抗你的輕狂了，沒有人尾隨身後拋擊一把刀而只願選擇槍桿測度射殺的因果。是的，因果，因果在展望着將來！只是風景已永遠是山水的報應了，除若人類亡成化石而仍有情柔的亡魂懂得去考究自己的碑名。愛人哪愛人哪不要哭泣請不要哭泣，這只是夜晚啊我如何告訴你秋天的消息！

已近中午，只能認真下山了。委婉地在灰暗的樹羣裏選擇可以脚踏的凹地，雙腿踩下落葉如同嫖瀆傳說中的神秘。

我拾起一瓣微發黃的楓葉謹愼揷入衣袋。在轉彎後來到另一片平坦明亮的岩壁前。其中央被挖成一個小穴洞，外面以刻着碑文的岩塊遮蓋，從隙縫可望及裏面暗蹲着一排褐黑色骨罎。在碑石的左前方，一塊半圓形石塊埋在傾斜的土中刻寫着「后土」兩字。

瘦弱在一旁幌擺，微落着水滴的蕨草於樹蔭中顯得特別蒼綠。山的坡度極峭，我和江漁已一身狼狽滿纏泥巴，對這羣隱身半山的魂魄特覺敬畏。但也同情地再次往穴裏窺望起來，微發亮的骨罎像寂寞的眼囘望過來。

「青山無語，青山無語嘆人忘青山，無語嘆人忘——」

「南柯夢，夢南柯，一夢南柯怎奈何？——世上萬般梆不去，一雙空手見閻羅；——從此去，莫蹉跎，一念彌陀過愛河。——」

沒有蘭花和靈芝，但我們在「后土」石與蕨草間發現了一叢薑草，和江漁興奮地伸手就挖，除去泥土，各自塞了數顆在濕癢的衣袋裏，想着那辛辣味。

「囘去煮薑喝，煮艾，喝薑益吾身，益吾身。——」

「回去煮薑喝，江漁，喝薑益吾身，益吾身。——」

我們相顧大笑動身沿着水沖的佈滿石頭的凹道往下攀滑，慌張而謹慎。終於看到下方一叢高聳的竹林，及其後的水流。

這是可以順石路繞來的小山澗，泉流在山壁間的亂石裏奔竄。由於濕滑，我提防捲起的褲管再度潮濕，右脚掌正因蹣得過於緊張而感覺折痛。江漁要我小心跨過水深處的石塊。我感激他厚實的語意，也要他自己謹愼。對友人的誠懇根源自對生命本身的熱誠，固然冷漠是冷硬的防盾，但厚實毋寧是真正無懈可擊的韌柔。

江漁把衣服脫至只剩一條短褲蹲坐在石下任冰冷的澗水沖濺，我發覺他更像個體悟艱困與謙忍的漁人。

我在淺處翻石捉蝦，蝦爲了掙脫不惜把足爪扭斷逃入石縫。但我無意傷害只爲觀望然後丟入更深處。冰冷從脚掌沁透全身，也從背後水源處亂石間的漆暗刺襲過來。

我仔細賞讀江漁健康的膚肌與水色輝映；是否像一面鏡，照明昨日或者黃昏的分離都是生命的過程？澗水奔瀉，我寧願選擇大石之沉默安臥自己的山水吧！孤寂但能體會寧靜淡泊。

行往溪間的出口沿旅人行用的碎石路回寺。路兩旁是蒼綠的茶園與梧桐，颱風草痙攣般曳擺。

中途經過以木材搭建的商店時我們停下歇息。我問候那年輕可愛的蘇姓女孩，勇敢追問她的全名，她仍微笑但顯得害羞迷人，說：「秋菊。」是秋天想起菊花或看到菊花就聯想到秋天聯想到妳？江漁細聲對我建議在離山之前寫些信給她讓她夜晚不能入睡，「願意爲你所可能的美麗作一種等候。」

哈哈，我說：「就把袋裏的楓葉或生薑送給她吧！」

我和江漁慢慢喝着飲料，她偶爾過來和我閒聊，我顯出令自己感動的羞躁。或者因傳說她現在的父母並非親生，且其高大黝黑的父親對我們交談時顯現着嚴肅與不屑，逼我打消美得脆弱的念頭；或者所謂柔美本身就像一幕幻影只能附以溫存的定義，但不該親自註解。我袋裏的楓葉未能所動。

「曾是滄海難爲水嗎，煮艾？」離開時江漁問我看我，我竟笑得兩頰發燙。

3

「他到高峻荒禿的山嶺尋找一朶薑花揷在衣袋裏，懷疑凋萎時能否有刺烈的味道提醒過往汗流的激昂？沒有人甘願同意他破敗的裝扮除非他體會自己的瘋狂是一種宿命。——」

我說：「不要懷疑我的陳述，江漁，你逐漸會在鄉土的繽紛裏感受到黍稻的冷。我們固然能輕易想像播種時的神氣昂然，但那只是某種階段罷了，一如山嶺被石壁分隔無干風景，艱苦越上和攀下都是滑倒的冒險。我只迷信終局的山水。——」

「他到海邊時竟忘記那朶薑花就匆忙上船遠渡了；事實上所謂忘記只是自己懦弱的掩飾，那深藏的辛辣早已竄入他的肌膚就如薑湯之淋痛舌頭。船先時航行迅速後來他發覺逐漸怠緩令他聯想到觸礁的可怕。——」

「但可怕也只是必要的錯覺，不要忘記海的浩瀚常使人在瞭望的渴切裏，思念休憩的沉淪竟如最初的性愛最爲快慰。錯了。他終於在乾旱的衣袋裏把枯褐的花瓣找出，輕聲吟哦有如低泣：

傷情的漂流裏妳是望南的指針
從身後的下弦躍入水波
告訴我唯一的啼聲是鷓鴣
自林地的梧桐梢頭銜走滴露
留存焦渴。面向天明前的
沉靜，仍否有替換底梆聲
瘖瘖瘂瘂，叫出守候的苦痛？

最後，他勇敢掏出袋裏的薑花丟入浪海。但細小的失復是絕對不能給他深明底醒覺的。船繼續前行。他只能終日站立甲板沉思。你是否已能感覺瞭望正是一種憂鬱哀傷類同絕望？——」

「江漁，只要相信我的懇切便已足夠的。因爲漂流的往往在擱淺時被刺殺，然後只好把方位化石成回憶的藉口。唉，怎忍得追問什麼是家什麼是故土呢？唉，什麼是漂泊的無奈？什麼是身世的哀傷啊！」

已近黃昏。

我和江漁換了潔淨的衣服，坐在堆靠木屋前的大松木上把滾燙的薑湯逐口喝盡，辣出淚來。

我們彼此拍着肩頭，吟唱漸漸細微：「喝薑益吾身；喝薑益吾身；喝薑益吾身，益吾身……。」

不知怎的，江漁又提起商店的小女孩。

「我等待你的美麗的小故事吧！一有情況就寫信告訴我使我欣喜。」

我回答說：「問候李花落了，也問候黃郎。關於愛情友情靜默是最貼切的。」

「住在山上你努力去抓取自己啊！就像去抓另一聲音，靜默也好。該笑說小女孩或真會代表你的某一體位。」

「是應代表梧桐或者薑花啊？罷了罷了。」

夕陽援上窗前方的山頭時，江漁依依戴上他的斗笠，右肩掛着背袋。

我說：「析解結局，或許是不可知解之苦澀吧！我想起生薑在土裏伸展的痛楚到後來只好用刺辣表達它情愛蜿轉的輕狂。誰是有心人願意煮它喝它去品嘗其中隱沉而又激烈的喟嘆呢？真是生命的無奈嗎？」

「只等待愛薑的人持燈從海岸越山過來了。」陡長的千級石板山階因雨而濕滑。風吹時雨滴從山壁上的樹葉滴下落在江漁的斗笠上發出聲響。我把臉上的微濕抹去。

「不用送別了。」

「也到山腰的佛寺啊！」

「煮艾，可曾想像你的家人友人在山下等候你要你乘風歸去？」

「鄉愁是好的。」我說：「讓人感覺暖流像氣流忽隱忽現。等到要抓取時你會嘲笑自己執着在無意義的傷害裏。我願意揮揮手作一種道別回到母體裏認讀所有歌詠過的歌謠。年輕時我鮮少哼唱但熟記古老流傳過的音韻。現在如何再唱呢？我知解喉音的瘖瘂不忍激痛直直鼓顫的脈膊。當有一天我證悟根苗的意義，我會對三爺村作一種全然赤裸的跪拜甚至哀慟的村人都落淚奔逃。」

到山腰的佛寺時鐘鼓開始廻盪開來。聲音在山丘間碰撞，然後沉入暮色的遠處的海裏。江漁缺障的右眼似乎也緊望我，訴說別離只是過程不是結局。我道別友人，和他緊緊握手。他從石階到六角亭下。

他再把斗笠揚高。我向他揮手，他兩眼微笑並揮手。

他跳着般斜身走下轉折的石階。

他又把斗笠的臉揚起讓我清楚看見他缺障的右眼的一片白。我的腿已因疲倦而發抖。我們彼此揮手。

他的身子隱入六角亭座臺下的泥路。剩下暖暖的暮靄包圍着我的孤獨。

我對隱入山後的夕日笑起。無力的揮手是道別最通行的形式。我想起黃郎的歌來，也想起李花落唱談的微翹的唇。我們有陽光的季節。離別只是一種甜蜜的憂傷。我聽到一則風裏訴說的故事。我看到一張迎風的臉。我看到一張迎風的臉。……

我繞原來的長長的石板階回寺。蕨草山芋擺着頭顱，水滴依舊在風來時從葉梢躍下抓濕我上仰的臉頰。不能分辨是水滴或汗濕，我沉靜但不能忍住喘急的呼息就對着山壁顧自哼唱了起來：

馬騎已蒼老得把來路忘了，
此番歸去，我不復訴說風雨原就多情，
讓樹誓言般站着吧，故人，
啊故人，窗口猶之我們的身世，
豈堪你回首探看漆落的家牆？
豈堪你回首探看漆落的家牆？

·一九七六年八月寫·

曹傷少年

一、一九七六　自山中歸來

一九七六孟秋，曹傷少年自隱伏半年中部山顛的佛寺歸來。關於因緣實無需過於贅述，關於佛與山的靜默啓示只有有心人方可悟意。既自來處來，就往去處去吧！法師和他雙手合十告別，佛陀微笑，便自山上越下千級石階。

那時是二十一歲的年少，父母家人難免叨念此種與山互存的生活畢竟是消極而妄自蹉陀的，但對曹傷，當他自混沌中努力要思悟有關生命的道理時他選擇了藝術。他並且知道藝術的終極對他而言或許只爲了服務於宗教的仰望或完成。而藝術便像愛情的神秘令人熱切痴狂而不能一日拋置於生活之外。對於天生的藝術家在他還未能有美妙作品來取信我們之前，人們對他總是焦躁而苛薄的，難能體解甚至不曾想像過黑漆無涯底孤獨者的生命顫慄，多像月光的無言穿梭於黑夜的網罟？

對於月光的溫柔，所有的妄斷與猜疑不是痴愚的麼？

好吧！讓我們來看看一九七六的曹傷從隱伏半載的靜默返回人世的囂鬧，如何自處？是必須返家的，隔兩日就是中秋月圓。

近鄉情怯麼？掙扎遽然。天色已晦，當火車掠經故鄉三爺村站的短暫歇停裏，他無力地躺坐座椅上，窗外遽變的景觀像陌生者拒斥著，使忐忑的心潰決了。離村才半年這般久遠的感覺嗎？半年中他在佛與山色的靜默天真裏未能學習更深的寬容與靜定嗎？啊！變了的故鄉風景並未奪掠永久的父母呢？……曹傷神色哀戚奔入往日的甜蜜記憶裏沉沉睡去。

車子停歇在末站的高市，心茫亂身子疲倦，有著幾分冷。

心裏浮掠起久別的林織棉。一個自學生時代即已相識的樸實女孩，自遙遠的東臺灣來到高市半工半讀，目前和妹妹林織紗住在一長輩留空的宿舍中。曹傷馱着篤重的大揹袋，佝身躬腰，順着植滿菩提的磚道走向重逢的喜慰。

是一間靜巷內端的古舊日式建築，木門半掩，內有雜遝興奮的女孩談笑。熱鬧的聚會，約有十來個女孩吧！

林織棉和所有聽說過他的女孩們對曹傷在興奮時光自遙遠底想像突然造訪呆楞着。瞬間，歡笑再度掀揚，大家雀躍地撌迎他了！

在玄關脫了鞋，踏入內裏的木板，才感覺自己這身子真是僕僕風塵呢。是時曹傷穿着一襲古典的布衫，髮長而亂，兩頰瘦削，兩顆眼機敏探視着，中等的身材在燈光中走動傳達一種可親的身影，女孩們忍不住側臉觀測這位一再被林織棉所傳述的少年。

「從山上下來？」

「剛下來。」

女孩們對着盤膝的他，圍坐四邊。

「誰能明白宗教的可親呢？」在座眼看是人羣裏大姊身分的張簡淑之對着他問：「如何才能在那份可親中建立靜寂無言的生活呢？」

曹傷笑着看她，大約跟自己同年吧，其他則和小他三歲的林織棉相仿。

「曹傷，我們常猜想着你的藝術，你的內心世界。」

曹傷訝愕了：「噢！沒有什麼特殊的理由呢。」

「但是，你讓我們覺得神秘難解呢。」

「只不過知道要學習靜默罷了，像妳們一樣，樸實的便是了。」

「樸實嗎？樸實的人真好嗎？」

「啊！是的，樸實真是好的。」

「只是，曹傷，我們知道你總是抗斥着這世界的！」

曹傷更是訝愕了，「又爲什麼呢？……」

「大家都像你就好了。」

「噢！爲什麼呢？」

夜晚，人羣散後除了林織棉和織紗，貼近如姊妹的張簡淑之、林慧月與楊璞也留下相敍到甚晚，才知道張簡淑之在今夏考上北部的夜大，其餘尚在附近一所商校夜間部就學。今夜正是迎接南返底她的。

當夜曹傷就在宿舍的客房過夜。

隔晨，曹傷返回三爺村故居，陪伴父母弟妹度過歡樂的中秋。

現在他要落脚何處呢？隱居生活已成段落，他知道，人羣永遠在身邊父母的焦灼永遠懸掛心中，就尋求一切方便吧！……

便想，到離家村只一小時路程的高市謀職。偶爾，孤獨與過往底戀情的眷念使他感到寂寞是具體的掌，抓攫着他。在林織棉善良的友人間他竟能沐浴於交遊的歡適裏。

村子一位高中剛畢業，聯考落榜的少年王寧想和他同行。兩人在高市幾日的尋覓裏，決意在郊區的牧場當養牛工。

女孩們知道他要留在高市，到鄰近的夜市買來點心和水果，唱着歌笑鬧着，表示歡迎。

隔日張簡淑之就要回返北部的學校，在離情裏就對曹傷說：「我的這幾個小妹妹託你照顧啦！」並且神秘地對他笑，女孩們竟低紅着臉了。

曹傷留意到，話語之間大多是活潑的林織棉和張簡淑之，兩個人矮矮胖胖的，臉龐也是鄉下女孩的天真，這不拘謹的樣態讓一向靜澀的曹傷倍感好奇；偶爾林織棉國中剛畢業來高市才近月的小妹妹林織紗也揷嘴笑談着，但另外的楊璞和林慧月竟大多是沉默未語，只跟着淡淡微笑，偶爾偷偷抬眼看了曹傷又趕忙避去。十足羞怯的少女，讓曹傷心中激盪着，而渴望對這景象攝入畫彩中。

牧場的工作是有許多煩人處的，尤以上班時間的異常使工作本身倍覺吃重。除了上午八時到十一點，下午三時至五點，夜晚一時到三時許還要撐着睡眠，穿着雨鞋披着夜露，爲牛羣沖洗、餵食，擠奶擠得雙掌發麻，然後把牛羣趕到棚外餵蕃薯藤。

時間隔離了睡眠，賃居的屋子甚感不便，激盪心中的創作慾念被強壓制着。與牛羣共處實是難得的經驗，乳牛們轉眼望着曹傷，眼珠露着企慕與友誼。在隔着同事稍遠時，曹傷哼着歌，對牛呢喃低語。心中擺陳着對自然對動物的親近情意。但現在乳牛和他都是爲了生存的無奈，便要使曹傷捨棄了生命的追探而服膺在生活的繁瑣；無辜的乳牛被豢養在這牢獄般髒悶、矮窄與炊烟工廠相畔的牧場中，竟無一片草地可以臥仰，可以與山海草原共奔嘯。

曹傷少年顧念着佛經裏闡述的人的自束與圖騰之道。生存便是走向衰老而不自知，或自知而又無任何可補贖或歌讚的機緣嗎？內心的藝術意念就要在一日日的繁瑣裏凋殘萎枯嗎？

而愛的想望便以美麗色彩自枯萎中萌甦熱情。

甚且，回想山居時日所思省的有關愛情此一幻像，予以生命與藝術衍生的實質意義。當它重新落實時人如何依賴意志和經驗使之成爲永恆的芳醇？顯然，對美的想望一如情慾是難以斷阻的，曹傷偶或要成爲一個嚴肅清明的「禁慾」主義者吧！或者，成爲一個可收可放可歌可泣的「自然」主義者吧？——他明白，暴戾與溫柔是一體兩面的，在內心的幽微探訪裏，他明白自己的詭黠。眼看肅穆之爆裂正如倒塌的牆垣，正所以讓牆蔭的花草能沐浴於浪漫底陽光與春風中。走出內心的孤獨、荒涼和慘悽吧！曹傷內心有一歌聲正如經偈，在呼喚着：開放！開放吧！

事實上讓我們說：曹傷識處的女孩裏，是平凡樸實但難有能吸引極陰黑內裏之丰采吧！比如動人而富傳奇的氣韻……在曹傷曾有的繽紛記憶裏他自己論言道：「曾愛過，就沒有值得憾恨的了。」

但是，此時究竟什麼理由吸引了曹傷，使他心中盪滿着溫柔與渴慕，像一隻低飛流連的鳥禽呢？

我們能夠相信，他可以有十足把握去獲取女孩們的情衷。但，在有多年交情的林織棉、年小天真的林織紗和帶有古典底羞澀的楊璞，以及膽怯、雙瞳眨露善感神色的林慧月之間，曹傷作如何選擇呢？

大約在下午工作結束後，洗完澡用完晚餐，他和王寧就搭車到市區去。林織棉此時下班回到木屋匆匆忙着，稍會兒，林慧月和楊璞來接她上學了。曹傷和王寧在屋內聽唱片，年輕的林織紗在旁跟着嬉笑。曹傷鼓勵她明夏考問高中就讀。

林家甚窮貧，概由於其父好賭把家田輸得精光，十年前過着三餐不繼的日子；後來三個哥哥一個姊姊出外自立，林織棉和妹妹藉着寒暑假在臺東的罐頭工廠打工完成了小學和國中課業，兩年前林織棉更獨行至高市半工半讀，過着極蕭瑟的生涯。後來認識了原屋主的老伯伯，老伯伯到臺南縣一間養老院後，未收回的宿舍留給她看管。現在她是高三學生了，白天的會計工作安頓了生活，也因着爽朗個性在此地獲得了諸多友誼。么女的林織紗比起在困苦中長大的兄姊們顯然是幸運兒。

林織紗比姊姊懂得粧扮，面龐也姣美了些。不知什麼機會相識的兩個男生常來看她，和她久久地聊着、笑着。曹傷和王寧避開他們，常相偕到鄰近開幕不久的大統百貨公司遊逛了。偶爾也到距此不遠的商校等林織棉她們下課，一起走回，到「大凉亭」喝豆漿。十點鐘，王寧和他又必須趕着末班公車回賃屋睡眠，準備午夜一時的工作。

曹傷記憶裏甚愛划船的，在往日的浪遊裏曾有幾個下午獨自在臺中公園的水湖上。既然牧場不遠就有個水上飯店可划船，大家何不去呢？大家平日難得長久相處，就樂於利用教師節她們放假，曹傷中午十一時到下午三時的休息空檔。那天湊巧王寧請假回三爺村，林織紗跟男生們去郊遊。收工後飯也未吃，曹傷就站立路邊的站牌等候了。

林織棉帶領楊璞、林慧月同來了，從公車上探出頭來招呼着。下了車，四個人頂着煩燥的中午陽光，步行在淩亂雜蕪的街道，經過幾間工廠，高聳的水上飯店就矗立在青綠山巒前的小湖邊。曹傷穿着破舊的工作服——是一件拆去學號的高中制服；脚着拖鞋，神色倒頗快活自若的，偶爾幽默幾句，林慧月和楊璞紅着臉笑，倒是，林織棉像有意地挑引着之間的情意，把這羞澀的氣氛渲染開來。

但曹傷選擇誰呢？楊璞？林慧月或林織棉？甚至是林織紗？曹傷嚮往天真與樸實，少女底青春無憂的林織紗也是較常和他共處的，三個少女或許會想：在夜晚上課時間裏，他們在溫暖的木屋裏，如何度過珍貴的秋夜呢？王寧雖是令人喜愛的，但他顯然在這些神秘的會意裏離得遠，而且還被認爲是個小男孩的。

披靡着蔓草的山巒頂端，一棵獨立的苦苓樹款擺着臨風底舞姿，四人順着小路痕迎向目標；曹傷偶爾返身想拉拉她們。在樹蔭下望向遠方的城市，在灰塵與陽光下倒也留有幾分美。楊璞穿着頗雅致的膝裙，聲音總是低低的，戴着眼鏡，概是臉上長着惱人的青春痘使她更是不自在吧！林慧月，看來寂寞的眼藏埋着身世的無依嗎？父親幾年前身亡，唯一的哥哥服役中，母親就在夜市擺衣攤，她之下尚有兩個求學的妹妹呢。她今日穿着樸素的淡花上衣黑色長褲，悄悄看着曹傷，想訴說什麼嗎？

「這小山真荒涼啊！」

「這苦苓生長在荒涼中，瞭望着什麼呢？」曹傷轉看林慧月，問她：「慧月，望向遠方的城市，找得到妳的家嗎？」

大家開心笑了。

下坡到飯店的花園盪鞦韆，喝飲料，像孩童般笑鬧。似乎，泊在臨旁湖畔的小舟大家却不敢遽然提出了，已是一點半了，——究竟，誰和曹傷共划呢？

而當時的曹傷，便想，如果她們讓我選擇，我願和古典的楊璞划舟的。在近幾日夜晚下課後的短暫相處，他們總一夥到「大涼亭」，然後分手。但對就居住夜市間的慧月反而少能碰見，據言她替一位有親戚關係的老者擔任看顧，就住在彼處，所以上下課總來去匆匆，和曹傷他們少有聚笑了。

「嘿，曹傷，慧月跟你同划吧！」

「噢！好啊！」

楊璞和林織棉先划開一隻小舟。

曹傷抓住另一隻，慧月看看他，怯怯地跳將上去。

曹傷划着舟要趨近楊璞的船隻想和她們談笑，但在小小的湖操槳的林織棉却故意划遠，且裝出專注地和楊璞細論些什麼，不理會曹傷招呼的眼色。

「慧月，一直忙着嗎？」

「照顧一個入暮的老人，總覺得，也跟着垂老了。」

「多和織棉她們相聚吧！」

「除了上課外，就終日在陰暗的屋子裏照顧那老人，垂暮的人脾氣又那般暴躁，好像忘記我照顧他是出於一番善意。」

「妳的心情令人欽佩。」

林慧月頭垂低，輕輕拍水髮披臉頰，不諳划技的曹傷，濺起水珠滴洒她的身子。

「父親的死，是因爲前生殘忍打死了一隻貓，那貓思報復而無機會，因爲父親是個吃齋唸佛極其清淨的人，清淨的心是沒有任何東西能攻入的。後來，貓遇到與父親一個有怨的女魂，兩顆悽寂的魂魄聯手報仇了。」

「是妳父親死後，託神說白的嗎？」

「嗯。父親經營油漆工程，有次在一個工地，看聘來的人那樣費力，反常地暴怒着，就親自爬上竹梯，這樣，被那貓和女人推了下來，送到醫院就斷氣了。」

曹傷端視着陷入哀痛底林慧月。

「這幾年，母親擔養家計，在夜市擺小小的衣攤，帶大了我家兄妹四人。」

「唉，前世的仇怨，竟要讓今生的人去承領另一次哀恨不幸。」

「曹傷，你是個學佛的人，這些也相信嗎？」

「我能領會的。人與魂魄的恩仇像山川景物是靜默伏隱的。我想，人們把這些一意視爲迷信，那是因爲他們缺少一顆善感哀憫的心。」

「……今生的我們，但願都活在喜樂裏，沒有哀沒有怨吧！」

「是的，今生的我們，但願都活在甜蜜裏，忍去了仇忍去了恨啊！」

「只是，人是難解的嗎？如何在生時完滿表白呢？……曹傷。」

將近三點時，他們趕着陽光興味猶濃地搭上公車。鄰近牧場時，曹傷表示下午工作後到木屋去，他向林慧月說：「今晚妳若有空去讓我們看看啊！……」楊璞和林織棉聽出他的倒裝句，哈哈地笑，慧月一慌追問剛才的話，大家便笑開來。

曹傷跳下車奔向牛羣。

下午，在這個有百餘頭乳牛的「南棚」裏，生了一隻母牛二隻公牛。曹傷拉來拖車把牡牛抱上，拖到畜養棚。

小母牛被細心地看顧和洗刷，兩隻無功用的小公牛則被丟棄到擁擠的大棚裏，整棚瘦伶伶的小公牛向曹傷飢餓叫嚎。曹傷站立檻邊撫摸牠們的頭顱，低語着：「等着吧！總會有人帶走你們的，……只是，唉，長大後是刀俎的命運啊！」想起人的殘忍與自私，這些動物們的生命賤於草木的。

曹傷拉着小牛時乳牛莫不齊側頭望，眼神蒼茫。這個沒有草木的擁擠的牧場，牠們各自擁有的一坪大的空間，竟是一生的處所。巨大煙囪的黑煙正隨着風向四邊飄撒，占據了草原、天空、河流以致整個世界。曹傷在牧場的情緒，一日日顯得不忍與哀愁。

夜晚，林慧月意外地，並沒到小屋。林織棉說：「在車上我還以爲你是說着笑的，就跟慧月說，忙着就不必來了。」

楊璞、林織棉和曹傷三人先是到附近的大統百貨公司閒逛，在頂樓的遊樂園坐飛機和旋椅，而後，離開人羣，沿緣公園旁新闢未啓用的大道，依着順流的溝河走往愛河公園。靜靜在河邊的涼椅上坐着，看泛耀水波中的對岸燈火。柔美底南國的夜晚，令人不勝迷醉着了。

曹傷明白，蘊藏於心中的激情，在這迷茫的黑夜裏，是應當有着確切的選擇了。

他就試着向林織棉暗示他的心意。但她並不是細緻善於體察的，只再再詢問着曹傷而不知曹傷早就告知答案了。

鄰此不遠獨坐的楊璞，該能體會此時曹傷的心情吧！

在長遠的飄泊後，在這人間，只有無爭的溫柔，才是曹傷所能走近的吧！

林織棉說：「早在淑之離高市之前，就這樣說過了，你就在楊璞、慧月、織紗甚至我之間作個選擇吧！我這多年的老友，你不用害羞，直告訴我吧！我會樂於成全美事啊！」

「唉，想必是古典與無爭了，流浪這麼久，對愛情、友情、善誠的撫慰彌足珍貴啊！」

林織棉竟仍不解。

近十點時，他們到公車站候車，曹傷將直接返牧場。就在分別的剎那，林織棉才從曹傷和楊璞的神情裏恍然大悟。

但林慧月仍是不明白的！

林織棉和楊璞是難以啓口告知曹傷底選擇的。

許多事，不是曹傷所能了解！就像說，那天中午林織棉和楊璞內心輾轉的掙鬪後，決意讓林慧月和曹傷共划，是居於何其艱苦的用意啊！

畢竟曹傷少有機會和林慧月相處，他也不敢逾越情理的範疇。對林慧月溫存善感的眼，自也不敢莽然猜臆了。

而楊璞，古典害羞的形影，像低吟的歌，無須華亮的節奏，就淌入他的內心。

此後，他和楊璞在織棉和王寧之前，就有著較其細膩底神色了。林慧月仍不知道這一切啊！

曹傷不解這氣氛，終使他不能不承認他原先對神秘底慧月底眼神的敏感了。唉，這幽微感情，如何安放呢？

曹傷就對不諳一切的王寧說：「慧月是多麼好的女孩啊！」

王寧頷首，表示了解。

但誰能真正體解曹傷的心情呢？

王寧是個善良的男孩，如果慧月願意，曹傷希望王寧能像個走向成長底少年去呵護她，讓她快樂而不寂寞。

有個夜晚，曹傷帶着楊璞、慧月、織棉和王寧，到往日流浪時流連過的一間音樂屋！烟霧、搖滾樂、嘶吼的歌聲。

他一邊和她們聊天，一邊寫着繁複多愁而帶甜蜜色調的詩。他是幸福的，回想過往飄泊的孤獨與辛酸，如今愛情與友情正擁抱着他，他相信，有一天他能真正走入人世，走回真正的家，和父母和三爺村的草木共歡舞。

夜深時，他們到昏暗浪漫底愛河公園的熱帶樹下散步、聊天。月亮出來了，星星出來了，晚秋的涼風像甜蜜的叮嚀。

王寧邀了林慧月小小的散步，她終要在這默示的氛圍裏明白夜晚以及白天既顯的事實。對王寧，也不知該選擇那樣的心思？

週後，夜晚楊璞下課後，曹傷常帶着她在寂靜的公園散步，有時體育場的入道未鎖，他們進入到叠壘的弧狀階梯間仰望燦爛的星空。楊璞穿着校服，嬌柔害羞的小女生，讓曹傷牽着手。

逢及假日，他和王寧招待女孩們回三爺村，到臺南，去安平海灘、古堡、億載金城和古寺、忠烈祠，黃昏時在魚塭間靜望暮色，嘹亮地歌唱、歡舞着！正是大地裏最是無憂歡樂的孩子。

曹傷在牧場辛勤工作着。作息的不正常顯然步步呑噬着幾年來飄泊的身體，加深着神經衰弱、失眠、營養不足。在夜班後他們在場裏買到剛製作出來的溫熱鮮奶，偶爾下工晚了些，也拖着疲倦的身子走往省公路旁的一家路攤吃早點，迎着夜色，在露冷稀濛的燈光下走向泊宿的家。直到天亮時再趕到牧場擠八點的奶。生命，因着衰弱現出恍惚。

少年曹傷，曾是飄泊於山涯海畔、城市與乎佛寺，苦苦思索着愛與生命存在交逼的事實。他必要了解，生命終是孤寂而又甜蜜的。在人世的探觸與走返山水的掙扎間，曹傷無日不深思着。曾渴望藝術能爲這交纏底哀喜歡愁畫出一條明媚之路，去靜走奔游如平凡樸實的山禽。而現在，逐漸要明白愛怨畢竟是人世的幻象。溫暖與蒼涼正是交替的齒輪吧！人在這齒輪間如何以光潔的聲音響徹它的奧妙？

此時什麼聲音低聲呼喚着呢？是佛的微笑或山籟的低咽呢？

生命的美麗記憶必當付出傷痛代價，人在美妙的幻想裏追逐着自足的盆栽呀？……對有情人世，對靜默無語四邊游走的魂魄，曹傷，內心哀慟着、深思着什麼呢？佛的微笑令他哀慟悌泣。無語的花木開遍了山川草原，浪濤呼嘯蓋掩億萬漂游無根的流砂……。

回去吧！

回去吧！回去生命的故鄉吧！

亮麗的光芒與歡樂，在這個時代裏正與內裏幽微的意志纏困着，永不飽飫的是一顆謙卑自贖的心麼？

曹傷，在偶然機會看到某一佛寺內學書院招生的通告。想到四年的光陰和之後寂靜的未知，曹傷對山寺的靜讀與修研熱切企望了。應當說，這是他這幾年來各地訪探未果的再生機緣。顧不得家人的難堪，與楊璞憂傷而仍禁不住對未來難輟的夢想。曹傷決然應考。位在市區西側山上具有印度古刹風味的寺院，拱形的大殿內，慈悲的大佛像尚未開光。在課堂和宿院的天庭間植着雅致盆景；這些景觀外，山樹蕪亂多有縱橫盤虬者。山下，星光般眨耀的燈光高樓；海中的漁火如蜃樓海市，飄飄然漸去漸遠了。即將的未來四年，曹傷有着歡喜感激的等待。

入學通知收到後，曹傷把牧場的工作辭去。

夜晚楊璞和他沿着新拓的夜路散步。路兩旁行道已築上碉堡般方型石椅靜靜蹲伏。車喧在相隔的大馬路奔馳。

楊璞說：「嗯，四年，四年後曹傷你二十五歲，我二十二歲，年紀，差不多了哪……」

曹傷因著傷感難堪了。

「曹傷，這四年我是等待着的呢。」

曹傷望向遠處山坡上佛寺隱約的燈光，「只是，唉，這人世會隱伏怎樣的未知呢？這闇夜像一隻不語的獸，白天，又像翻飛無依的蘆白啊……」

事實上曹傷的心意是堅決了。這並非在善良女子間的愛意使他無法自私去擁愛楊璞，並非因着和楊璞相處時無法避免去惦念林慧月她們的心情。而是，對愛情本身，曹傷已然無語。每當深晚他對着晚空沉思，這世界莫不是靜定的美有如歡悅的青春之歌永不止歇。人世的愁怨與纏綿，人生的江湖與山林，事實上，在曹傷少年的心中，竟令人愕訝的發現，這婆娑世界的紛紛總總，已然沉澱成一曲流觴，月色相對無語，獨醉向南，獨醉向南了。

佛學院四年後，他相信脆弱多憂的父母必將更堅強，他知道，寂靜才是他的故鄉，無語的山林靜寺才是他永久歸止的田園。……啊！曹傷知道，愛情的歡樂正如人世的享宴，無非是經偈中一句不經意的讚嘆罷了！

正是十月下旬，在佛學院報到的前兩日，曹傷和楊璞一早搭車南下，到達東港搭船往小琉球，這小小的郊遊包含他對過往流浪的懷念。大約在兩年前他隻身摸索到北海岸的陌生海岬，在漁家中宿寢一夜，隔天凌晨哆嗦着身子搭船到達八斗子漁港。那時他想，流浪是冷涼的。對於未來的日子，今日的小遊不是對這青春作最終之眷戀麼？海浪是輕輕擣打的，但這小小的渡船顯然不勝而現出了暈盪和不安。曹傷和楊璞苦着臉，向遠處的岸瞭望。

當晚歸來時風浪甚猛，落日正在西面的海圓炙炙地沈落。海浪拍上船舷，曹傷和楊璞一身濕，在風裏哆嗦。遠方，向晚的遠方顯得肅穆而艱辛。

回去後曹傷竟病倒了。

驚愕的事實，竟在此一時刻發生！

隔天醒來時，林織棉怯怯拿出昨天寄達的一封快信。竟是，佛學院因故停止開辦了！

曹傷就在這暈旋如夜的天地間蜷伏成疲憊無奈的身姿。對院牆上蔓爬底常春籐與吐着不可遏的傷感。世事的運作告知他：這是飄泊的開始了。

在曹傷少年此刻的心境中，事實上已逾越了人世認命安份的範疇。對天地對人間他永遠是倨傲不屈而又謙默服從的。飄泊真的開始了。藉假日織棉要北上探訪淑之，曹傷卽相偕同行。臨別之夜，曹傷病得正深，全身乏力、嘔吐、暈旋，在醫院打了吊針仍無起色，但因已和友人相約於臺中又有織棉同行，就強忍着。

他人似有默契的，織棉請曹傷到隔房。

慧月怯紅着臉，等候着，表情似是不忍這別離吧！

林織棉說：「慧月說她希望能把她身邊的小積蓄作爲你的旅費……」

林慧月仍是那樣怯怯地看他，只要曹傷臉一抬便慌然閃避。曹傷的心顫抖的。

他要和慧月握手。慧月楞住稍頃，把手伸出。一股暖流，曹傷心中猛猛閃出划舟上的話：「今生的我們，但願都活在甜蜜裏，忍去了仇忍去了怨啊……。」

曹傷回到廳中，楊璞、慧月、王寧、織紗、織棉依舊圍成圓圈，設法歡樂地談話而不能，委實，病痛正咬吞着曹傷。

曹傷的內裏真是波湧着啊！對楊璞、對慧月、織棉年輕充滿夢事的心中，他懷着歉疚。若像他們說楊璞是幸運的，曹傷更覺愧對她。眼前望去，生命正像奔流的船舟，如何向兩岸承諾他的寬厚與脆弱呢？家，啊！在少年曹傷此刻的心中，是星夜裏燦閃的一道電光！

夜晚，在車上，林織棉據實說起他初至高市以至於今的一些秘密：關於慧月，在他初入木屋的中秋前夕，她思慕着他。而在她們數位姊妹間，也默契地要孤獨的慧月擁有這幸運，且深信曹傷必選擇較形姣美善感的她。……誰知道事實的遷變呢？慧月爲命運與身世痛哭，祝福她敬愛的楊璞，而怨恨自已僕侍般的工作未能有機會得以接近你，決心把工作辭去了！……你握她手的時候，在她心中真像永恒的信誓啊！是她今世初嘗的永遠的甜蜜啊！……

曹傷聽着，在病痛裏沉昏過去了。

二、一九七七　城市是昨日的傷口

人世際遇正似時光的閃瞬。在愛與美之前人們付出了悲鬱與辛酸的代價，但事實上，靜默底闇夜依故睜亮伊無私的眼窺視着一切冷暖，人實在不能爲未來斷言什麼，却也無法禁閉天地底預言。一如昨日，它的傷口。

當我們重新去探視少年曹傷，正像那句略帶幽默底禪話：「自來處來，往去處去」，一九七七的初春，他在一段轉折後，竟在臺北此一城市落脚，萎縮成沉默的工人。

在城市，孤獨是那一種寂靜？

一九七七初春，曹傷少年在市區大道的紅磚道散步，回想着過往底辛酸與不幸，歡樂與甜蜜，正像逢迎的行人差肩而過，路樹在風裏偶爾落下萎枯的葉脈。

並不曾驚擾什麼，只是那麼深的懷念。爲着記憶，親人、愛人和友人，都在午夜的星空中，披成一襲沁凉底霧露輕灑望月的眼瞳，而止不住要涔涔然了。

唉，一九七七年初春，曹傷吟唸道：「深情少年游俠客，報仇千里如咫尺。」更阻不住要唱：「寳書玉劍掛高閣，金鞍駿馬散故人。」

哀戚全然攫奪了曹傷。

委實，除了父母外，曹傷已和楊璞及所有的友人們失去了音訊。

在城市，這樣的孤獨暗示着什麼呢？

啊！曹傷哀戚，在夜暗寂寞底城市的街道揮袖獨舞。

多天恍惚飄過。

春天去了，夏天過了，早秋已然微凉。

一段久遠底孤絕過去了。生命復甦着嗎？

仲夏時，曹傷和友人陶君住到永和一條暗巷中，房子是花蓮底友人暫借他居住的。那時隔離各處的一些友人藉暑假來探訪他，曹傷於喜慰中和大家歡敍着。

有日，收到林織棉來信，大約訴說他和林慧月、楊璞畢業後的近況，並提及入秋時將與慧月至臺北投考夜大。

誰人明白湧起的潮水有我的悲哀妳的冷暖，誰人關心這詭譎的色澤？……

想起自己諱愁不成學忘情，而內心，這頓然間波濤的澎湃，究竟，要叫心碎底曹傷依附哪一面岸呢？

便是這樣，俿是天地的預言充滿顫慄也無由抵拒。

入秋時陶君已浪行離去，曹傷花蓮的中年友人將携眷西遷臺北，託曹傷在搬離前爲他油漆房子。一方面思念着和織棉慧月見見吧，一方面確實需要她們兩人來幫忙。他藉着張簡淑之的電話請兩人自新莊搭車輾轉前來。相逢是欣慰的。就這樣，大家臨時成了油漆匠呼呼地忙碌着。

林織棉終因不支在一臥房席地鋪臥。

曹傷也要慧月去休息。

「疲倦了吧！」

慧月仍是羞怯地不知回答。

相見至今數小時的沉默，在深晚的燈光下，朦朧底美麗記憶已悄悄重現。漸昇的熱烈心緒讓人不禁要疾呼出聲。

曹傷的心中顫抖着，相識以至別離後此日的相逢，藏伏着詩般的心事。許多事實已被彼此所知解，曹傷望着她，在說：「走向我吧！走向我吧！讓我們彼此熱烈地走近吧！……」慧月在說着話嗎？「歲月的委屈將逐漸加深嗎？啊！歲月，永遠要成爲奔瀉的水流將我們分割成兩岸嗎？……」

眼前閃爍着哀怨不語底楊璞，和王寧無奈的笑意；已在今夏考上軍校成爲威嚴的軍人了。是曹傷和慧月無辜呢？或他們兩人更形無辜？……

「慧月，去睡吧！晚了，去睡吧！……」

……慧月輕輕睨了他一眼，兩掌抓着藍裙低垂着臉隱入臥室。輕輕掩上門。

曹傷面向牆壁，把一抹一抹的白撲刷過去，終於，顫抖的心頃刻間崩解了，臉一轉呼叫：

「慧月！……慧月……」

慧月羞怯地走出房門。

「出去走走，趁着月色，好嗎？……」

已近凌晨，天色隱伏於深暗的夜魅裏喘息不語。

他們走出靜寂的巷弄，脚步聲震驚甜睡的家犬。順着街道走往不睡的夜攤，竟異樣的熱鬧着，紛紛轉臉望向他們。

之後，他們走往寬長幽淒的福和橋，夜霧浸濡，冷意隨着風寒抱擁着兩人。

曹傷握緊伊驚顫的手。終於，在橋中央底邊欄，烈烈地擁吻。

慧月咽咽輕泣。偶爾車燈從身側馳掠而過，早曦已自前方的山巒撲偃而來。兩人睜開眼時，才知道早霧和晨光像一場細雨淋漓滿身；在岸旁的河濱運動場，散簇的早起的人抬眼望向兩人的羞澀。

曹傷牽着慧月的手，歸返的心是疲憊而不敢思慮的。

一種不安在天色明亮時透穿兩人顫慄的心。

巷弄前，陽光穿過霧茫披灑在爬滿牽牛花的樓牆。兩人擁緊着光燦的一切。

甜蜜，正要陪伴曹傷走返家門。慧月猛然抬起臉，淚滴的血絲的眼刀一般審問掙扎抽搐的心！「曹傷，告訴我爲什麼？曹傷，我不甘願像楊璞一樣不明不白！……」

曹傷的哀愁與憤怒，在這嚴厲猛烈的逼戮裏，頓然垂倒了！……「啊！慧月，永不能被明白的吧！何況，我早已喪失權利了！……」

曹傷搬離永和，落腳板橋市郊一面迎陋巷的矮房裏。

在林織棉和慧月這段考試前後的逗留裏，偶爾，曹傷也輾轉換車擠到張簡淑之的寓處和她們共處。此一氛圍逐漸被確知時，張簡淑之對曹傷難免有着咎責了。

曹傷邀林慧月到張簡淑之就讀底夜晚寧靜的校園散步，兩人甚是靜默着。

想像年少的生命真像一首低啞的哀歌。

曹傷曾渴慕將過往時光深纏底憶念向愛人傾訴，讓對方走入內心寂靜的田園。過早揹負着孤獨使這橋樑更形危峭。爲何善良的楊璞不能？慧月呢？也許她們是嘗試過的，只是，這孤獨竟這般艱難嗎？

關於往日慧月底情愫，林織棉和張簡淑之必是深解的，但此時她們無法暢意此事，畢竟楊璞是她們的姊妹，楊璞對曹傷的情眷更是她們所同情和惋嘆的。

而曹傷內心的這曲歌，誰能聽悉它的纏綿輾轉呢？

羞怯的慧月，便是在這般矛盾中畏縮着吧！困苦地掙扎着吧！

而曹傷是熱烈的，像一隻憤怒的獸抗拒着這無端的陷阱！緊緊抱擁慧月，要讓羞怯的她明白，這是險巇的事實，唯有彼此才能救贖。

考完試後，林織棉和慧月要返高市了。

最後的假日，曹傷邀約慧月和他共遊。

但慧月竟要與織棉到張簡淑之其彭姓同事鄉下的家，是要過夜的。

彭還有一個尙讀高二夜間部的弟弟，張簡淑之曾有一次略帶玩笑的告訴曹傷：彭小弟喜歡着慧月姊呢！

曹傷只能苦笑的。

事情這樣決定後，曹傷難堪地度過了假日。啊！心中有這麼多話尚未啓口呢？該好好向慧月訴懺着吧！頻頻撥電話到張簡淑之的公司。直到夜晚才返來。隔晨她們就要返高市了。那般底天寒，飄着北部慣有的寒雨，他在喧鬧底公寓下方的電話亭，終於，聽說她們回來了，他和慧月講話，她快快地避開；織棉接過電話，和他交談着，交談着。

「織棉，我的心情真難堪啊。」

「也許能體會的，曹傷，只是慧月我又如何說她呢？」

「天啊，慧月使我擺落在風中，向無知的四方窺望什麼？救解什麼？爲什麼她不給我一個機會？給彼此一個機會？……」

「曹傷，你仍是我尊敬的兄長，也許，我正體會你以前說的，人世的無奈吧！」

「唉！葉脈的美麗是殘缺！對楊璞，對慧月，我是不得求贖的嗎？……」

「曹傷，珍重着啊！……」

季節兀自興替，秋天這般飄落。

北部陰濕的寒風吹起時，冬天來臨了。

林織棉和慧月聯考落榜，而又悄然回返北部。林織棉在土城一家小工廠當會計，慧月在新莊一間大公司任職，據說是並不勞累的工作。

曹傷仍在板橋，但搬離小巷，蟄居於破陋公寓六樓上方陽台的一間廢棄小屋。白天火烘般窒熱夜晚則特別風寒。曹傷在一面牆壁上畫了一幅「觀海圖」：冷綠的水中一長髮的女人溺斃於草澤中，岸上，三個人冷漠地坐望着。另一面最大的牆以毛筆抄上「般若波羅蜜多心經」；在書桌旁的牆上則大大寫着：「曹傷哀戚」。

織棉來探望曹傷，談着別後各人的狀況，只有感嘆不復少時的辯駁了。

而確定的是那個被稱爲彭小弟的男孩和慧月有逾半年光陰的親密感情。

竟是爲了抵拒着曹傷，而使這感情成了她的依附，令織棉忍不住地叨唸着，慨嘆着。

曹傷能夠意會吧！

「織棉，不能責怨慧月，一切的愧疚和她們機緣的好壞都當由我來承受。」

橫在他和慧月之間，道德與愛情力量之疲弱引致的苦楚，令曹傷沉淪在自責與悵嘆中。人如何去獲取愛與被愛的權利？如何走出命運的藩籬去爲喪沮的美重新譜以歌訣？對楊璞的記憶正是內心裏最深隱的無奈，那個彼此深愛過的女子必像他如斯眷懷着往日。但生命如何學習不必相溝通相意味而仍深深懷愛着呢？愛情何以到某一定端就使生命在印證的需求裏對立起來而難以消解？曹傷敏銳嚴厲底個性，造成對愛與美決然底護擁而不惜毀棄人類感情共依慰的美妙。他是憂慮和楊璞眷戀依偎會破壞記憶的崇聖與甜蜜嗎？

那麼對於慧月，他能使自己再次成爲真情樸稚的男子，熱烈而兇猛地走向她嗎？爲何慧月不勇敢走出女人心性中的脆弱和他相擁低泣呢？

曹傷竟夜站立陽台上端仰望星光，城市的大片燈光相隨暗去。遠前方，泰山上一簇不熄底夜燈像對望底眼正攫獲了他的瞭望。

林慧月正是在那燈光下寓居着。深晚的時刻，仍惦記着他呢？女人是否能像他深切而勇敢地執迷於永恒的愛呢？年少焦烈底心事是否輕易在季節的轉換裏花一般萎謝呢？啊！慧月，曾那般戀慕他的深情女子，當曹傷驚醒回頭是否已消失於燈火闌珊處？

某一日黃昏，曹傷下班回來換裝舒齊，終於輾轉搭車、問路尋至新莊郊區林慧月的公司。守衞以擴聲機向宿舍叫喚。

曹傷步出門牆，在路燈下不安地徘徊。心中是憂慮而掙困着的。愛情的意義是甜美或悲哀？光榮或屈辱呢？慧月痛恨着他麼？……

啊！看見慧月了，在散簇的人羣問逡尋着。愛情的自私，曹傷真能寬諒時光的遷變嗎？而慧月，在這遷變裏，仍能使隱去的感情公平展露着嗎？曹傷，迎向逡尋的眼，或以爲是彭來訪吧！

「慧月！……」

「噢，曹傷。」

「想念着妳，果真就尋覓過來了。」

「……還好吧！大家都好吧！」

「妳好吧！大家都好吧！」

「曹傷，……」

「我們還能共同散步嗎？」

曹傷勇敢拉着她底手，盈湧熱淚。希望愧疚的能因着真誠受寬諒。但他避免提起彭。這矛盾就任慧月去解決、選擇吧！「我常想到，感情果真是艱難的；人在這之前是否能學習全然的犧牲與容忍？……慧月，我真想告訴妳一句話，一句話，那樣長久來緊緊占據我的內心，思念着妳，渴望像個無憂的孩子，告訴妳……」

「曹傷！……」

「人真需要平等的啊！……只是，天命運作的詭異真不堪人力所預測和完成的。」

「原諒我的脆弱，曹傷，也許我不曾盡過心力，但你必當明白，我從未虛假，我的罪過由於我的脆弱，原諒我，好嗎？」

「唉，不論妳我際遇如何遷變，但求永遠的真誠和想念。」

曹傷和慧月見面時的猜測和不安，終能逐漸消弭。今夜的共處，彼此試圖能在缺憾裏確切捕捉過往的甜美。曹傷帶慧月到板橋去逛夜市，鑽擠於人羣間。他希望能像別人般擁有歡樂。

曹傷買一朵緞帶胸花送給慧月。

「是牡丹嗎？」

「是蘭花。」

到了板橋後站富現代感底假山、拱橋、棚亭的中正公園。冷寂地只有稀疏情侶。

曹傷說：「兩年前的冬天我與三個友人，在這亭內歌唱竟夜，因飢餓、疲倦和寒冷而顫抖，歌聲都喑啞了，啊！那時候，真不曾想像有一天帶着甜蜜重遊吧！」

「想到你年少的際遇，令脆弱的我難堪想像啊！」

「若說世界不能避開不幸，只讓男人去承擔吧！但願女人只代表溫暖與甜蜜，是永遠象徵愛與信誓的守護神。」

「但脆弱如我，果真喪失了貞定的美德啊！」

「慧月，請別再說，請別再說！……」

慧月靜默跟隨曹傷到他公寓貞樓的風雨齋。

月在下弦，星燦雲飛，和脚下夜晚城市的燈火相對唱。

「慧月，陪伴我吧！……」

「曹傷，今夜要再回返到痛苦的深淵，掙扎嗎？」

「請妳擷取剩存的美感恩着世界吧！」

「曹傷，而往後，還有誰願意保護我呢？這樣不貞定的一場破碎，我將折脆成一株斷蘭嗎？」

「慧月，請信任曹傷接受曹傷。」

「勇敢是多麼艱難的啊！……」

曹傷熱烈如一盞迎入冷風的烈火颯颯悲鳴。在這深晚的冬夜，在陌生的市鎭，記憶如荒偃底草蔓於風狂中顫顫復活。曹傷，擁緊着慧月要在這天地靜止的時刻，往寂靜的土地舒息睡去。

睡去的畢竟要醒來，面向熙攘多憂底塵世，面向深纏的悲鬱和孤獨。等待着慧月，留着公司的電話靜候她的訊息。曹傷必當明白，只有等待才是僅存的權利了。

日子在煎熬中失沒。日復一日。

曹傷在城市底燈火大樓與暗昧底街道徘徊。

竟夜，交替放着粗暴與幽咽的歌曲。瘋狂、傲慢、虛誇、無知、迷亂、惻惋纏綿，樂音與唱針的擦磨聲響盪在這闇夜孤懸的小小居室。

猛烈地思沉於墮落，墮落……離開這塵世，到遠遠的少年地方去流浪，去嚮往的山水之鄉奔泣。……

當等待的心陷入不可拔逆底窒溺之苦，曹傷勇敢掀開自尊決絕的外衣，讓自己成爲甜美無憂的孩子，前去叩訪故人的門扉。

公司的守衞傲慢地接受他的請求。播音器呼叫過後，久久，不見慧月。而有兩個結伴的女同事，向守衞問：「是誰找林慧月？」曹傷站立前去。

「她去臺北呢！」

「何時回來？」

「恐怕要很晚吧！」

曹傷在髒亂的路上徘徊，端望每輛馳近的車子。——慧月，在臺北，正和彭歡愉的遊樂吧！這等待，多麼悲壯艱苦啊！回家的路是遙遠的，心胸澎湃，如果今夜不能見及慧月，這緊壓的愁悶真要把顫抖的心割裂了。

疲憊衰敗的身心，顛簸地回到曾一夜溫暖偎處的風雨齋。在空曠迎風的陽台上遙望臺北燦爛的燈火。

扭開唱機，熟悉的悲惋嘶竭的歌聲。

拿起筆，凌亂地揮灑着。

人既知事實與命運，仍無法克制迷陷的執障吧！意志，如何穿透情愛的無常，沐浴寂靜、恒久之歡愉呢？

既知執迷，又如何能勇敢決絕地逾越？

十時餘，曹傷匆匆奔下樓，攔了計程車奔向慧月的公司，守衞拒絕在這過晚的時刻播呼。情急之下曹傷寫了慧月的名字和宿舍號碼，託一個走返的女子代爲找尋。

林慧月，輕披着外衣悠悠自暗黑的路樹走入燈光。

決絕與冷漠永遠對抗着愛使世界顯出坎坷與險巇。在夜巷的踱步後，慧月終於說：「雖然織棉和淑之，或者楊璞也要取笑我的天真，但是，我目前所想望和予以等待的，畢竟像極了人世的完美。」

「彭仍是個高二學生，尚要服役呢。」

「四年的時間，真是漫長吧！我告訴他，我要和他暫時分離，退伍時他來找我，我想，我會嫁給他的。」

「曹傷欽佩妳，永久，心中充滿感激與祝福。」

「曹傷。」

三、一九七八　我從遠地歸來，請在日落處等候

當一九七八到臨前的冬天，大地現出摧魂折魄的冷颯。

曹傷蜷居在冰寒的風雨齋，冷風從破陋的窗隙門縫鑽入，襲掠凍冷不語底神色。瘋狂的音樂與風共嘶吼，樂音像要穿過鎖緊底鐵門沿樓梯直奔底下的市廛。

離開北部的林織棉自臺東來信，她和楊璞回到故鄉，在深邃底藥山山脈內採橘，成爲艱敿耐

勞的山婦，挑重的兩肩淤着辛酸底血斑。

近四十歲未婚底橘山主人，稱他為陳大哥，年老的母親請求織棉嫁給他淳樸寂寞的兒子，共同擁有開創這橘山；但織棉說，她思慕城市高貴底施君。一負責送運山橘底青果社年輕職員，對城市來底楊璞，追戀着。

一月後織棉和楊璞離開了橘山，回返高市。不久後，織棉再獨身北上，並於士城謀得一職，準備夏天再考夜大。

在多寒的夜晚，叩着門，曹傷驚喜地迎她入室，兩人對坐酌酒。織棉說：「楊璞那般堅定的神色，回答我說，在曹傷未婚娶之前，她的深念無法接納任何一位有情男子的。」

而後織棉匍匐床上痛哭出聲：「唉，施君，這城市的男人這般不知憐惜我這小女孩的心吧！是太多情在遠方那般苦苦思念着他？當我逃開了陳大哥的憂傷神色與年老母親失望底悲痛，離開了迷人底綠翠山籟，而城市的施君，啊！不能體解我內心的分毫啊！……啊！愛情，曹傷，我必將像你一樣體受着情愛的深切與恨怨啊！」

「愛過的，雖有恨怨，却必將成為不遺憾底生命珍藏。」

「曹傷，在紛錯的愛情裏，你體解着寂靜和莊嚴吧！」

「而我，強烈的，嚮往着流浪，一如出家人的無爭；或者成家，給予自己和妻、兒幸福的努力。」

「曹傷，成家吧！」

「不出家就成家，」曹傷面着牆：「我知道，流浪是虛妄的、艱苦的試探，這些只爲着永恒底幸福和莊嚴的完成。不是嗎？心中深蓄着愛，終有一天能與大地共笑躍。」

笑談如往日，林織棉拭去撒落底心傷，突然說：「我認識個極具傳奇底女子，是善良和美底象徵呢！」

「我可以娶她嗎？」

「我思慮着甚久了，寂寂她也只能嫁給你呢！」織棉暢懷大笑了：「只怕她不嫁人，一個好天真好寂靜的神秘女子，擁有圓滿自足的世界，雖是憂鬱的，却又像天使般的夢幻。」

「噢？那樣的女子，在遠地等候我疲憊歸去嗎？」

一九七八初春，曹傷在春節返鄉裏，因織棉蓄意的安排，相識了寂寂。

寂寂顯然懼怕而抗拒着自己夢般溫靜底世界被外在所干擾，迅速囘返父母共處的家室。她因着其頗具哲人出世風格底父親和豁達無爭母親的影響，在自己少女的世界裏塑現着宗教的完滿和藝術的自足。

曹傷倒能意會天地謙誠的安排，對寂寂提出自我等待的承諾後，淡淡地憧憬未知世界底色澤。固然成家的想望顯得強烈決絕，却也能安定自若的。

陽春三月，曹傷揹負行囊離開臺北，掠經往日遊經的蘇澳、花蓮，到達陌生底臺東縣偏僻山間，一靜隱寺院安頓下來。

因着方丈對他的鍾愛，要他留在寺裏出家爲僧。在晨晚繞佛拜佛經懺間，在日夜山景氤氳變幻無常的思省中，強烈渴慕真能落髮剃度。但所思所想畢竟是這幾年所難突困的；長子的他，這意念將讓父母、祖母和姊妹們哀傷慘絕的。以致於，那般強烈地在這靜寂間，想望着成家了，想念初識底遙遠而貼近的寂寂了。讓溫存憂鬱的她成爲永久的守護神，陪他走過午夜冷寂的沙灘，在日落處共詠生之美好吧！但想念畢竟只是想念。他和寂寂不復通信，只有等待的吧！

及至仲夏，臺北有人爲他舉行初次個展，創作底寂寞開放給善意走近的人們。

而突然，家裏來信，言母親病重危急。

他匆匆趕返故鄉，陪伴着枯萎的母親。

兩月後，母親脫離險境離開醫院，他感慨地在殘亂的家園整頓着。

寂寂在這時期裏，從高雄慌張的趕來，握着曹傷底母親的手。母親溫切微笑，頷首。

曹傷拜會寂寂底父母。

在臺北，關心的人們爲他的展出作品付出超乎個人底情意讚嘆，問：怎好這般鬱暗深纏的色澤呢？

秋天，他在友人的歡呼下和寂寂訂婚。

冬天來臨時，他搬返三爺村家居，和寂寂成婚。佛寺方丈帶着他的得意弟子前來參禮，惋嘆着；齊集而來的各方友人竟夜酩酊。

四、一九七九　深晚的夜車

年少的自我允諾終必要在歲月的增長裏逐步付出實現底代價。曹傷少年，在家居偶爾午夜時信步走出屋外古老的榕樹下，蒼穹夜籟爲大地的安詳心喜讚嘆，像一聲啜泣，沁穿透明的月光。榕樹在風起時撒枯一地。

而夜車兀自穿梭於闇夜掠畫出驚惶底燈芒。

曹傷少年此時深深地吸氣呼氣，藉月光，飄飄習舞。

時光不再。二十四歲了。少年的時光已隨曦晨底斑鳩飛遠。

秋天將臨時，寂寂爲他產下一男嬰。在生命到臨的一刻曹傷因深深底感動忍不住淚盈滿眶。

抱擁的嬰孩，在溫暖中一日日長大。忍不住對孩子呢喃：貧窮淺薄的爸爸，用什麼贈你，歌頌你好呢？憂鬱的小母親寂寂，和他一樣體嘗着生命之等待和茁長的歡欣。

寂寂說：「我和孩子跟着你啊，不論你要到多遙遠的地方。」

在一九七九開始時，早先，由於曹傷對佛的交往和因緣，影響織棉，而後，輾轉中林織棉從讀了一學期的夜大因失望退學後，先是經方丈介紹到一家素食餐廳幫忙；後來，拜一尼師爲在家師父，並日夜相隨習佛，至今，對出家成家，竟也異般的爭執着。所思所想，無非佛的寬慈聖美和寂靜意志的嚮往，正也抵抑轉換時光的感嘆，成爲極其鮮明底生命取向的思索了。

北風起了，多涼的訊息拍打着顫抖的額頭，烏髮在風中輕飄。曹傷，在一個黃昏，有意無意地回返高市，仍是長而亂的髮，削瘦的身子顯得沉重深思。先在舊時的公園、新闢的植滿綠樹、有着車輦穿梭的大道漫步、靜坐。

記憶像拉回的膠捲重新映現開來。

沿緣舊時的河溝走返往日的岸吧！然後驚訝發現，這小河溝爲了大道的拓延，兩邊的住家已拆除，景觀就像一道荒涼淤塞的河床。「楊璞呢？楊璞巷中的家呢？……」曹傷記起一九七六的秋夜，他幾度轉經河溝暗巷送楊璞回家，在巷口依依惜別。

啊！回去吧！回去舊時善良無憂的庭園吧！

只是，木屋依舊，籬圍的常春藤攀出一牆綠，後院的玉蘭樹依舊成蔭，但葉枯撒滿一地落寞，大門被一塊木頭冷冷釘死。曹傷從門縫窺望，入夜陰暗的室內，啊！突然亮起一盞燈，啊！……楊璞！啊慧月！啊織棉！啊淑之！啊織紗！啊！王寧！……啊曹傷，嘿嘿我的小男孩可愛地笑叫着叔叔阿姨呢！妳們都變了，王寧你成了快樂的軍人，織紗繼續了學業，妳們在季節的轉換裏花一般貞定地綻放着芬芳呢！……

夜蓋了下來風像枯葉飄旋。背後，路燈一盞盞亮了。

走出善良巷。巷前方的派出所曾竟夜亮着光明好奇觀探夜歸底少年們，如今已移駐，大門緊鎖只遺小花圃長着雅致的綠樹。巷兩邊的木質宿舍如故，軟枝黃蟬探出門牆拂問着曹傷，喂曹傷。

穿過大道，進入熱鬧的市場區。已開始了夜晚的喧歌。……不知慧月底母親仍否孤單守着衣攤？

轉入慧月家的巷子。

樓下租給他人吧！是凌亂陰暗的。

曹傷站立門前往樓梯上瀉傾的燈光探望。

兩個居住樓下的男孩跑出，疑惑地看。

「樓上，住着林慧月嗎？」

「才出嫁幾天呢。」

「嫁誰啊？」

「誰知道？」大男孩說：「她媽媽或許在家，我去叫她。」

「啊不用的。」

「林慧月嫁了呢。」

「不住這邊囉！」

「還會回來玩的。」小男孩嘻嘻笑：「人家說，女人不管嫁到哪裏，還是懷念着生長的老家。」

「嗯，還會回來的。」

曹傷走出暗巷奔入夜市的燈燦裏。冷風摑打着沁痛的面頰。熟悉的夜攤和喧鬧像一一召喚的故人。曾愛過就沒有值得憾恨的了。啊今生的我們都忍去了仇忍去了怨哪！啊新生的孩子，要永遠活在甜蜜與喜樂中，不論爸爸帶着你和媽媽到多遙遠的地方，那是我們永遠的田園，是我們的來處也是我們的去處呢。

深晚的夜車，曹傷回到了三爺村家居。

正是一九七九冬天的深晚，北風鳴唱夜色皎潔如一曲幽明的歌，睡深的三爺村正甜蜜端待天明的到來，好像，辛酸與瑰麗的過往都還給了情深的夢，沒有猜疑，而任溫柔底月光無言穿梭闇夜的網罟，霧露濃稠但沒有一句小小怨尤呢。

・一九七九年十一月寫・

蛇與青蛙

天還未青誰就在木窗外猛拍，起來啦起來啦地催。撕開眼，貼近的臉龐被窗檻切分成兩片，黑黑幽幽，亂髮橫披雙肩！被驚得翻身縮偎壁角。——看清竟是母親，氣嘔地又賴着捲躺下來。

父親已用過飯，身旁擺着筍刀、帆袋和一束竹繩，蹲坐厨房前的石磨上抽菸，嘴一吸冒出一粒火星又隨卽在烟霧中隱沒。開口喊了：

「青草，青草啊——，陪阿爹去割幾隻毛筍啦！順道撿芒果，好麼？阿爹明早帶乞丐伯去養老院，今日真沒閒哪！青草，快起來啦！青草啊！——」

擁繞四邊的山丘漸次青白，晨霧淒濛，月亮殘星像惺忪的眼欲開不開的；微染濕濡的南風，清爽涼暢。

父子兩人鑽過屋後滴水的柚樹，從蓮豆田拐入小徑。路草濕抓膊赤的兩腿，騷騷癢癢的。

「夏天小鳥起得確實早呢，青草，那是什麼叫聲？」

「是不是杜鵑？」七歲的年紀，對整個山的景態却熟得像親人，「乞丐伯說杜鵑叫時會啼血，所以聲音悲哀得暗哭一般。」

經過一道小山溝的竹橋時，坡壁下黑黝黝的積窪，突然淒厲地啯啯叫來，「蛇吃青蛙！」父親說着，丟下竹繩和筍刀，踩得側旁的枯葉沙沙響。連續丟了兩塊石頭，積窪噗——噗——，像星子撞入山谷，濁濁悶悶，緊張的胸口也要被震破了。

天色太暗，坡壁下方真像羣集了陰狠的青鬼猿牙窺望，水從橋底湍敲得牠們刹刹跳潺潺叫。青蛙又響起幾句哀鳴，已衰弱無助了。

「啯！啯！」父親試着呼應，焦急難過地。

如今除了偶爾杜鵑陪着哀悼，只留存低悶的水的濺湍，刹—刹—刹—，跟自己的心跳一般哪。樹端的露水涼涼彈向耳朵，刹—刹，散滴得臉頸也是，全身緊張得冒起鷄皮疙瘩。

「被吃掉了。」哭喪地說，抓緊斜傾過來的枝幹，瘦小而過於鬱悶的臉貼靠父親的腰股，皺起眉仰看伊張得大大、啯啯叫的唇。似乎更憂慮這般偉大的男人竟能爲微小平常的事件感傷同情。

「蛇跑啦，打不到的，阿爹——」由衷敬肅的心情呢。

「走吧。」父親大步側跨到草徑上。青草吃力拉下一枝細竹幹，雙手揮搖着追趕過去。

凹展兩山間的平地植滿死褐骨梗的樹薯，葉少而歪曲有致的身子，曦晨氤氳裡的靜立，安祥謙和像有教養的大地的孩子。與擦磨低吼聚鳴鳥蟲的山坡的竹叢對峙，格外超逸脫俗。他辨賞這山色，一邊韻律地讓手上的竹幹掌打臂膀，感覺出疼痛時，擺幌的身子跟着肅立了。像神秘的啓示呢，或憶念裡的不安的指點。

「我看過乞丐伯釣青蛙，殺死，我也跟着吃了。」離得遠，喊叫一般。

父親匆忙的步履微微一顫。晨曦正一步步從葉縫中穿逡行近。想跟着舒朗開來，對愛巧思的青草逗逗笑。大概回頭被伊專注等候回答的神情所驚吧，竟又納悶得，着急思索不失分寸的字句。

「乞丐伯不是好人啊？」伊追問地走近。慈祥而因從前的落魄與駝背，被習慣以不雅稱號的乞丐伯，六十餘歲無子無嗣，唯一親人的五十來歲的弟弟添進伯在月前死於心臟病後，常在水潭岸邊相思樹下的墳墓，用髒破的袖領抹拭鼻涕眼淚，弟弟弟弟地哭嚎。——這些訊息被遞傳時走入七歲的心靈，伊驚愕地感覺未來底歲月的怪異與憂懼。

此時，天色已由青轉明，伊却不可避諱的，因蛙鳴底淒惻、幽暗的樹叢、樹薯田的靜肅，詭奇地思湧起一直不敢去窺探的墳的形狀……，飄飄渺渺散着寒氣吧！與朱紅的木棺一樣使人膽寒吧！那死後的臉仍橫行皺紋吧！……

惶惑的時候，父親爲他方才「好人」的定義，突地哈哈乾笑，清亮的喉音隨卽響起：「蛇咬青蛙，殘忍惡毒當然要受報應！但是，人欺負青蛙，爲了生存啊！乞丐伯當然是好人不錯，人窮、身體又壞，只胡亂扒三餐豈不是活活給環境咬死？……這就是不得已，像人會死，就是不得已的，對麼，青草仔？」

但父親遲遲吱唔的回答仍使鎮靜下來的他惱怨不滿。

「人有很多種東西能吃，餓不死啦！」順手把細幹拋入竹叢，「大概因爲乞丐伯殺死青蛙，所以添進伯受報應才死的。」

「囝仔人不知世事，不要亂講！」

「人和蛇一樣嘛。」

「你怎不講人是青蛙？苦命人就免活啊！不得已不得已，轉幾圈你才聽懂？」

父子兩人先到芒果坡撿拾夜裡零落的果子。叠積的枯葉是潮濕斑剝的，各處冒出一株株盎然的幼苗。有的芒果爲蟲蚊所咬，或者腐爛，但留存的也把帆布袋填得快滿。

父親自語：「下午再摘兩簍，明早順便和竹筍挑出去賣，給乞丐兄留些錢在身邊。怨嘆，添進去得太早，唉！當初多苦兄弟也該有個人成家，無後無香火的……。」

年長的人無端感嘆呢喃，把平日沉默威嚴的臉扯開，就顯得慈祥可親了，就想給他們撫抱親臉。但阿爹神情這般神秘難理解呢。皺紋深又凌亂的，兩目茫茫，這年幼的頭殼不堪過於深奧的境地哪！

乾脆兀自剝開一粒熟黃的芒果啃食，不再理會。

父親突然弓身將他抱起。一愣，爛黃的芒果險些從嘴腔噴落。

「阿爹像乞丐伯那樣老時，你也已經有自己的後生囉！」

「我才不要長大哩。」大人那樣詭異複雜，背駝身弱一步步跟來，而且會死的。包糖的苦藥丸般誘引小孩，豈不太殘忍嗎？騙不過我，騙不過我的。

爲什麼要把乞丐伯送到養老院啊！留在山裡的茅屋不是更好嗎？

「要不是還有阿爹奔走，乞丐伯無親無故，真不知要如何安身了。」離開芒果坡，轉到竹林時，林叢的陰濕曾使父親猶疑停步。

父親的態度看來如此懇誠，多皺的臉變得跟竹幹一般青亮潔淨。——是怎麼回事的，又沒法了解很能自信的看法了。……不管啦！今天去放牛時，跑去找乞丐伯，求伊留山裡，到那麼遠那麼遠的城市去，不好哪！

陽光亂箭般從竹梢射下來。一條綠蒼蒼的青竹絲鑽出枯葉驚惶奔過腳前，「啊！——」嚇得猛退，父親一急，護抱過來，雙臂一晃整袋的芒果翻滾四地直往坡下的山澗衝奔而去。

揹着空帆布袋，手提兩隻半身高的毛筍，竹繩把手掌刮出血紅的橫紋，獨自從竹林顛危危顛晃上來。「活活會累死！」嘟嘴跺脚，很委屈的表情。

晃到樹薯田旁，山陰遠遠退成拱形孤單地幽伏着。天地豁然熱熾寬亮，樹薯如萬戟千刀羣集列候。

已是喘呼呼了，兩手一垂想在埂上停歇，誰知朝陽滾滾翻掀身上的汗滴。山路右前方，斜拱的土丘禿嶙的山脊，像晶透的熱鏡使眼睛久久不能正視。

走到竹橋，坡壁下的積窪仍剝剝潺潺地被山溝敲叫。太陽尚未昇過樹叢，凹陷羣樹間的窪潭仍感幽深冷冽，與小橋的陽光恰似陰陽兩世界。倒影千手萬腿地擺，臨潭的樹籬被水瀑濺得濕漉頹喪，像曖昧的淚眼。

天全暗時的幽秘悚寒潛藏水中嗎？嘓嘓哭嚎的青蛙像隱覆在很久很遠的世界了。蛇呢，可惡的鬼魔受到報應了嗎？蠕爬來蠕爬去，冰凉寒白的肚腹爬去爬來……。

乞丐伯赤裸的銅褐色的上身，背脊凸出一頂硬塊，壓得身子向前弓駝，總像焦急找尋着什麼。長年套着褪皺的黑色布褲，膝蓋下裸出一對扁擔腿。晃着晃着布褲要滑落般，從茅屋前的斜坡晃到潭邊，拔起揷立水草裡的尺長的短釣桿。有些蚯蚓還痛苦地翻轉。看着幾隻上鈎的青蛙，翻眼瞪他，裂嘴笑了起來，乖乖，乖乖。晃回屋裡把木墊厨刀搬到陽光下，握刀的手蚯蚓般抖着抖着猛個墜落，血濺出蛙身斷成兩片，一條腿不知跳到那裡了。搞了半天煮熟一鍋清湯，戰戰兢兢地啃食起來，歪亂污黃的牙驚惶碰撞，整片枯唇幾乎要跟下巴扭斷的。同情般幫着他吃了。

那是痛苦的景況呢，爲着生存啊！青蛙與乞丐伯是誰要謀害誰？阿爹說一切是不得已的，不得已的。有的註定被傷害，有的像添進伯未老却患病比阿兄先死，真不得已的嗎？

總算撐到了家。

毛筍一摔，帆布袋一丟，交握發麻的兩臂，委屈得要哭了。「阿娘！阿娘！」沒回聲。「紅枝——！」

「叫！叫！叫要死哪！」從父母房裡傳出的，姊姊的應聲有幾分慌措。腿一蹬跳過門檻往臥房衝入。紅枝慌得抹臉已來不及。

「哇哈！偷抹阿娘的香粉！」

臉上殘亂一朵朵粉白，羞得冒紅，「是我的是我的，你姊夫送我的！」

「姊夫？——」兩手拼命往臉劃比羞惱她，「剛訂婚就妳丈夫啦，笑死人喔笑死囝仔人喔！」

紅枝索性橫起臉，長過肩的髮嬌巧甩抛前胸，端照圓鏡舒如抹擦起來。整整大黃青草十二年，在山裡是個該出嫁的姑娘了，不知拼命往外鑽的同年女子是怎個樣兒嬌媚精博。鄰近的散村平常看見的多是父母年齡或老人，再者只是頑皮好事的小孩。

「戇畚箕！連抹粉也稀罕得要哭！」但兩頰的紅暈還是羞熱地撞入鏡子。

「羞羞！放牛也打粧得三八阿花同款！」說着，想到今天的便當，頭一晃心蹦蹦跳往廚房跑。

「免看啦！有帶蛋啦！」

煞住脚步。噗通噗通的荷包蛋的斑黃，美麗動人。喜悅善意地講：「昨日同來的月娥說今日也要去放牛，妳知道麼？」

「知啦——。」

用布巾把便當捲成條狀緊綁腰際，戴好斗笠。直等紅枝從房裡出來，笠上罩着花巾，祇露出正中的眼臉，也提着自己的小便當。

走過屋庭前的池塘、田埂，在泉溝旁的蓮霧樹下，江月娥江土明姊弟倆正支頤捧嚼着蓮霧。隨手丟給剩餘幾粒，四人跨過小木橋，順沿斜坡往乾溪走。

母親正在坡下的泉井挑水，兩桶滿溢的水叫整個背壓彎，氣喘呼呼站立苔石上，抬臉道：「要生的大肚牛要特別注意，過水時趕一趕！」離遠了，又喊：「紅枝啊！不好游泳啦！」

兩家的牛羣散躺山壁下的大柵欄裡，只予一條竹桿分隔。大小有三十來頭，頓時嘶聲吭叫仰了過來。有的在欄內與奮地蹬腿跑跳。

牛羣整齊前行，砂塵漫天飄，想偸食路側的蕃薯葉皆被揚鞭怒喝回去。

青綠的山丘有厚濁的氤氳，烈陽下看來聳動不安。幾年前這裡還是必須以舟筏代步的河床，自從前頭隘口處的堤霸建好，沙土淤淺，雨季未到時，僅殘存於坡旁的細流也往往乾涸着，如今只有乞丐伯茅屋與水壩間的窪地仍是大片汪洋。沙地則被墾植着玉米蕃薯。

到了水潭，牛羣從岸邊的淺灘行進，漫游的魚羣驚慌潛走，沿岸已是一條黃濁翻騰了。遠遠對面的山坡，緊密叢生的龍眼樹間，隱約能望見乞丐伯茅屋褐暗的屋頂。

青草蹦高脚附耳過去：「中午我們去找乞丐伯，」土明連連點頭，「伊明早和我阿爹去臺南的養老院了。」

跨過霸堤與山丘間的土堤，順着低陷的水溪走。

山間狹長的平原，雜草繁密細長，有一道人與牛長久走出的路跡。在雨季來時，這彎曲斷續的草原沉成大河，山洪湧擁羣山流奔到遠方的大水庫。山脚一排淹死底枯樹，依然張弓陳舊僵硬的姿勢。

水位高時，每天有兩次到城裏的班船，和偶爾載運山產的小貨船與外界溝通。繞至水庫約須一個小時。但今年乾旱長久，已整整半年必須跋涉山路，外出所挑的山產回來時往往變成米麵魚菜和養豬的豆糠。江月娥昨天從幫傭的城市回來小遊，一路還哼怨脚痛。寄讀水庫鎮裏的土明放暑假月餘一直未再外出過。一方面是忙，紅枝和青草也有半年未曾離山了。前陣子人家老遠來提親，準新郎在疲倦裏還不時表露對山居人家的敬佩。

翻過一座禿嶙的矮丘後，大片寬廣草原從河岸綿伸至繁生草木的山壁，「那拔頭」蹲坐草原後端偏近左側，碉堡形狀的丘臺，有濃蔭可以憩息，且便於四週察看。由於適好並生兩棵大蕃石榴，很久來就這樣稱呼着了。附近的幾戶山家養畜了牛羣總趕來此地放牧。挖掘於草地間的數窪淺池本作牛羣飲食浸泡，多已被牛屎搗得濁臭不堪。牛羣四散覓食嬉逐，四人爭相攀爬桑樹和蕃石榴上摘食果子，吃得肚子溜漲，才在樹蔭下懶懶躺臥。

江月娥忙於誇說城裏幫傭的精彩遭遇。

「我家少爺前幾日偸請我去看電影，」微黑的臉飄着紅暈，眼睛彎月般瞇望葉隙裏一對叫跳的布穀，「還帶我去公園散步……」說着說着整個眼閉上了，嘴角羞羞地笑，「伊對我實在很好，我對伊也真好的呢，我們……」發覺兩個男孩也專心聽着，連忙歛收笑容。

青草從伊側躺的袒開兩位鈕扣的襯衣間，看見不同於臉與手臂底黝黑的半面胸乳的雪白，正微微喘動地。呼吸怎個隨之加快起來。凸輭的奶子和十六歲的伊笨拙的黑身是不相稱的啊。把上身側撐以避免被土明遮擋。比較紅枝布衫裡顯得了無生氣的扁胸，有些惆悵。

像嗔罵不要臉，月娥翹嘴斜睨他一眼，拉拉衣領。

「都市的男孩子較巧噢！女孩子若呆呆戇戇，不會打扮漂亮點，伊連瞧妳一眼也嫌累哩！」

紅枝焦急摸撫早上抹過粉的臉。要把斗笠裏的圓鏡掏出來瞧瞧，半途又羞得臥下，才說：「我訂婚那人以前也住在臺南，後來才搬到六甲鎭的。」

又想取笑紅枝嘴裡離不開姊夫。眼眨間發覺月娥的胸口又鬆開一條縫。臉也不敢轉，眼珠拚命翻過去。……好奇怪，大概跟阿娘的也不同吧，白蒼蒼，剝剝地跳哪！

「阿姊，」江土明將要睏去的眼又張開，側向月娥說：「妳叫伊來山內遊玩啦！我抓草尾蛇嚇驚伊！」得意哈哈地笑：「我在學校最氣那些鎮內囝仔，專愛欺負寄讀的山內囝仔。」

牛羣懶散臥躺山下的樹蔭間打睏。已近正午，天空一片雲也沒有，陽光像冒氣的沸水澆灌下來，全身倦熱得要爆烈開了，太陽是在刺白灼亮的天空的那個方向無法張眼辨認。

紅枝和月娥說要去把走遠的牛趕來。晃着胸脯晃著屁股走入陽光，好刺目的背影。

睡了好一陣，白蒼蒼的印象，驚醒來是什麼夢却記不起了。一身濕汗，什麼夢啊！氣惱地推醒土明。「紅枝伊們呢？去哪裡找牛這麼久！」

叫喊她們，弄得更加躁熱，聲音山間碰撞，仍不見人影，牛多嚇得肅立望來。

「一定偸跑去溪裡游泳！」土明憤憤起身，睡意消了，「下午回去跟我阿爹講！」

「管伊們要死！」按住土明跨出的扁擔脚，「我們先吃便當，然後去找乞丐伯，好麼？」

說着看着，熱偃的草地感覺脚一踏都要燙得暴跳。眼珠滑向前頭彎折的溪流的壁緣，水影亂筆拂畫着。不能看見下邊的水流，却想像那澆流身子明亮清涼的光景，涼爽舒暢起來了。

眼瞳從陽光縮回，週圍的樹蔭立即陰慘不淸，腦門暈幌起來……。像夢一樣奇異啊，却是這般陰寒幽暗！是啊！像坡壁下的窪潭，蠕爬的蛇哀嚎的靑蛙……。

忙把旋轉的眼珠推回陽光。熱辣辣的蒸氳又猛刺過來，草尖刺挑般的疼痛，天空滾沸得狂亂，翻騰澆灑……哪！月娥白酥酥的胸哪跳呼跳呼的，溪水繞流過去繞流過來……。

「我們也去和伊們一起游泳！」話脫口立刻被土明訝探的神情所驚，羞赧起來，「吃飯啦！吃飯啦！」

「我今天有蛋。」

滿滿一盒飯和幾片筍乾扒完了，蛋還坦然躺着。坐個更舒服的姿勢，挾往嘴邊，停下來。給乞丐伯吃吧，伊可能沒吃過呢。實在捨不開，放下又挾起，又放下。乞丐伯好人哪！……乞丐伯，蛋給你吃，不要再殺青蛙啦，嘓嘓哭好像死人調的，驚死人！

在邊緣的蛋白咬咬舔舔，才依依放回飯盒，擺在中央。細心將布巾裹好。

「我們不跟伊們講，回去壩堤繞山坡路過去，好麼？」

「涉水過去好啦，管伊！」流進來的影像，好奇的心情使自己又激動起來，「赤鷄泅水，不怕給人笑死！」

草地果然燒鍋般燙，拼命向溪彎轉地帶的陷坡跑跳過去。此處的水流較爲窄淺，岸兩邊留有竹筏泊靠的凹窪和凌亂脚跡。

近了岸，看清靜偃草上不動的原來是一件攤披的襯衫，淺紅花格，一眼盯緊胸部散開歪皺的鈕扣，白亮亮的，往心頭拍！

水影曳舞，眼光跳離眨眼的鈕扣，迅速在波光裡逡巡游動的身影。紅枝和衣倚在岸側，下半身泡在溪中。

眼亮起來！那月娥淋漓的泳姿！胸脯被一條白色胸罩縛得死緊，背胳有條帶凹痕，臂上潮濕的短褲皺縮着，手脚愉悅的青蛙般在溪中央拍打！……倏地長髮一個漩渦下沉……，好險！差點整個人跟着眼珠掉下岸！……髮又浮起了，然後曬紅的臉，然後，仰起來翻仰起來，水被划出羞退的波紋，白亮的陽光，聳緊驕傲的胸衝撲前進！……喘動的胸，白蒼蒼哪！要跳出緊縛的白胸罩哪！喘動哪！

「快走啦！」

異樣的興奮的感覺，水般清涼沿脚澆繞全身，羞熱的臉，什麼原因啊！

阿姊要嫁的人却沒有，白蒼蒼呼跳的胸脯，問老師嗎？夏天過了就到鎮裏讀一年級了，問老師問老師……。

停在淹濕短褲的溪中，橫下心不去介意姊姊和土明，要看個究竟看個究竟。

水怎不把那條小奶罩沖掉啊！白蒼蒼，跟她黝黑的臉和手脚不相同哪！水怎不把一切沖掉哪！……頭腦怎又紛亂一片了，像陷入泥淖般，世界這樣艱深奇怪，真是拔不開腿拔不開腿！

「小囝仔！看什麼！」月娥和紅枝一齊叫嚷起來，潛囘水裡。

「……我和土明去找乞丐伯！妳們偸泅水囘去要給阿爹講！」直往岸上跑不敢囘頭，濺得一身濕，臉被拳打過般熱辣辣的。

跑過草地鑽入樹叢裡，順一道通延山頂的路跡爬。擠佔整座山的是纍纍掛垂的龍眼樹和散簇的痲竹。順手摘了一束龍眼，果核大多還是脆褐色的，皮肉薄得只稍帶甜味，嚐嚐又丟，再摘一把品嚐。坡面雖不很高陡，到山陵上的小路時已是滿身汗，吐口口水，專心抹起汗來。

葉蔭裡蟬唧唧叫得刺耳，幾次欠身趨近，手掌正從下邊悄悄逼近，透明的羽翅一拍又飛到遠處枝頭，得意地把脊腹聳得更高。

「熱死！吵死！」

「去乞丐伯那裡後，到水潭泅泅水才回來。」土明掄高了上衣，捲成圈狀扭結塞緊，胸前凸着腫瘤模樣。

「我不敢！」又想到白蒼蒼呼抖的胸脯，「我阿娘說以前一個九重林人去網魚淹死那裡，會拖人後腿的！聽說淹死的人肚子會脹大嘴唇會發青，硬殭殭的，像蛇肚白又冰冷。」……月娥的乳會跳，是溫溫燒燒才對噢，人未死不會變冷變硬，「土明，添進伯死時你有去看沒？」

「有噢！」問得土明驚愣發寒像挨一踢，捲起的衣腳嘩啦扯拉下去。「那是暑假回來沒幾日的事了，我很有膽，隨我阿爹去的。我在鎮裡讀書也曾看人被車輾死，血流得整臉像棺材，真是驚死人！」

「肉色有沒有變白？」

「變青哪！倒在路邊圍一大堆人哪！」

白蒼蒼，棺材臉，發青，硬殭殭，白蒼蒼……，月娥的大奶死去變什麼顏色啊？不跳，不燒，白蒼蒼，變青……。

「我們返去好麼，我……」老天！怎一直沒想過添進伯的屍體和棺材死時停放在茅屋裡頭！

「起瘋啦！都快到了！今日不去以後要找也沒法了！」沒留意到他冒冷汗，土明就往青草肚臍的便當一拉連跑幾步，「……我阿爹說這幾日乞丐伯一直哭，青草，真奇怪，添進伯都死那麼久了。」

「不甘離開老厝啦！但是我阿爹說，不得已啦！」

「對對！乞丐伯有說伊甘願死在老厝，六十多歲了才要離開，而且放添進伯的墓孤單掩草，不瞑目啦！對對，我想到了，我阿爹有說，好歹總是山裡出世長大的。」

山路開始微往下斜，從葉隙往坡崖望，可以看見潭水及橫伸兩山的堤壩。陽光壓得緊，懶洋洋的潭水被擠出一波波亮閃的傷痕，環拱的山樹往水裡頹栽。

到與伏伸潭面的一條坡徑的交口處。兩人停步揩汗，我望你你望我的。

若順山路直走，越過前面的禿山，一段田埂過後，即到蓮霧樹旁的小泉溝。泉溝從蓮霧樹開始依傍禿山，繞經乞丐伯的茅屋，再跨入水潭，到水潭時已有三隻牛寬了。添進伯生前搭了座藉水浮力的簡陋竹橋。竹橋後臨水的窄小坡路種了一排夾竹桃，連接坡面的陡徑，可貫通上邊的山路。如果要到前山的九重林搭船或跡山到鎭裡，捷取此道可以省繞那座橫梗的禿山。但只能在天不太暗而又沒有重擔的時候，婦孺老人大多不敢懶走此路的。

晃了晃腹中的便當，聽到僵硬的蛋包往鋁盒碰撞，又有些捨不得了。……吃蛋真好，又不必把鷄殺死，我真是鳥蛋哪！這麼怕血、怕死，真會把土明活活笑扁！

一手按地，一手草根樹枝的亂抓亂攀，從坡徑一步步往下滑。誰家的山坡，滿滿龍眼，熟了怎麼摘？不怕不小心就摔到水潭啊！……很大顆了，大概好吃了，管伊好吃壞吃，手又沒空！

對啊！要經過添進伯的墓和那條沉橋啊！害囉害囉！怎多沒想到，返頭走又不行。土明真不怕墓？看伊人戇戇的，看到伊阿姊的大奶都沒感覺，才大我兩歲，差這麼多！……白蒼蒼，紅咪咪，硬殭殭！……我不信！會不會是伊老師教什麼步數？……再不要一個月我就去寄讀一年級，等再大一點，我就能自已坐車去臺南養老院，找乞丐伯，帶蛋給伊吃，嗯，……。

滑到水潭旁，陽光水波掄得兩眼發麻，兩人貼着山壁站直。左側過去就是夾竹桃、浮橋、墳墓……。像被擲進冷潭中，身子整個發寒。

搜尋的眼珠從對山順着要被烤垮的土堤、堤壩抄過來。一隻竹筏乖乖倚在岸旁，尾端浸水，橫擺的竹槳近岸一端的葉翅也動都不動的扁泡水裡。

「划竹筏過去啦！好麼？」

「幹嘛費力，吃太飽啊！走過去就到了。竹筏你家的，不怕你阿爹知道了又賞你竹鞭啊！」

「怕死！」話出口有報仇般的得意，却是躊躇難安的。但總比死路一條去撞墳墓走危危幌幌的竹橋安心多了。

「你要走走你的，我才不怕呢！」唯恐露出破綻，聲音沉了，兩手扶着腹前的便當毅然往壩堤晃去。

「不要說是我讀書人的主意，我是順你小漢的。」

兩人合力一推，竹筏刷刷壓過濕濡的岸草擺盪出去。

抓牢一端土明先上，尚未站穩自己順勢一跳，「想要死啦！」竹筏憤然盪撲斜揷入水幾乎翻覆，槳浮開，忙伏蹲下來伸手抓回。下腿和屁股濕了大片，慌得心碰碰撞。

又想起死在潭裡的九重林人和埋在葉蔭下的添進伯，顫慄划着槳，害怕什麼抓隨過來的，兩顆眼珠在四邊打轉。堤壩硬撐着兩山，沉默伏蹲背後未有動靜，但陰暗不定的倒影，像潛入水中，隨時會伏襲過來。太陽雖稍微偏西，仍熱烘烘的。煙霧般白茫刺眼的潭水，波紋亮爍閃熠，青綠的水色，受傷般的抽搐、抽搐、鮮紅的血會沖噴冒開把竹筏翻覆啊！

「青草，快划啊！怕吃竹鞭啦！」

竹筏粗竹間的空隙冒起一團團水沫，剝剝地冒起剝剝地聚散。已看到茅屋，對岸怎麼划似乎還是一樣遠，一樣遠。水沫仍剝剝地咳，回頭望去，堤壩已拉遠，倒影朦朧蛇般曳搖曳搖。

水底沒人啦！水底沒人啦！

快划！快划！阿爹說添進伯的墓在相思樹下，血紅的夾竹桃是伊種的，浮在泉溝的沉橋是伊搭的。這一切都在眼前推阻，推阻着竹筏！但背後是九重林人隨來啊？緊密的龍眼樹裡，茅屋變黑的覆草，挺立的相思樹，夾竹桃，凹縫的泉溝陰寒的出口，把竹划推得向右傾，向茅屋右側的岸划！快划快划！

「乞丐伯！乞丐伯！……」水沫剝剝地冒剝剝地散，白蒼蒼的像胸奶跳喘跳喘！汩閃的波影刺痛眼睛，太陽烘得全身噴汗，清涼的水，拂過脚底！抓拉着竹筏！誰啊誰隨來啊！

不敢回頭或側望，失聲叫喊：「乞丐伯！乞丐伯！我拿蛋給你吃啦！」

土明轉回頭時使他也被嚇了一跳。瞪着茫亂的青草：蛋都舔過了，這樣大功勞啊！人家又不是真的乞丐。

感覺到水波推湧了。樹蔭下，泉溝的出口一半隱在蔭內，一半面着陽光閃動。

「乞丐伯出去啊？」

「能去那裡？爬山劈柴啊？你是中暑還是鬼咬到！」想要抓過槳划，已被青草濺得一身濕，但岸也要到了。

驀然，「什麼東西什麼東西！」地叫嚷！青草嚇得直站，腿碰碰愈抖愈悚悸！被奇異的引力拉轉過去的臉，被刺痛似的雙眼往泉溝明暗交湧的水波箭拋過去，白而臃腫的漂流物正緩緩走出暗陰，冷汗往腋下搔得一陣涼一陣寒……

啪得一聲！槳像噬咬的冷蛇被擲開，青草被濺起的水一擊如被丟入空茫無助的深淵，整個人已輭弱跌坐濕漉的竹筏上，死死盯着漂流物……流出泉溝的葉蔭，被岸草稍有擱攔後又緩緩地漂出，蒼白晶亮的軀體，脹破而又緊緊貼黏着的一片黑布，流出暗蔭！

太陽一照整座凸腫的軀體像沖噴出來的血！「乞丐伯！乞丐伯！」屍體！屍體！乞丐伯的屍體！……甘願死在老厝埋在老厝啊！甘願作山裡的亡魂啊！……。

土明終於輭輭癱坐竹筏的白沫中。被水冷所擊！倏地想起仍被驚留脚跟的疼痛，反身一跳抓起被青草丟落的槳，閉起眼又慌忙張開，咬緊牙根又匆匆地張開大喊：「救人噢救人噢！——」竹筏已像脫韁的馬把水沫滾得青草全胸都是，轉向臉右側明亮的岸猛划猛划！

尙未靠岸，兩人已死命一跳掉入水裡驚惶翻爬上岸。竹筏被蹬得摔退過去。跑！跑！水濕的褲子往下滴，誰在後面追誰在後面追！

把猛往家跑去的土明拼命拉，像惡夢初醒揮着汗吱唔喘息：「去叫紅枝伊們不要游泳，這裡的水流下溪去的！」猛跳的胸，漸要壓阻下來，仍聽得見碰碰地跳！……月娥的大奶，白蒼蒼，乞丐伯，白蒼蒼，溪水會把伊的奶罩沖掉，乞丐伯會拉伊後腿，水會流過堤壩，流入溪，流過伊呼跳的奶！……

繞過茅屋，房裡陰暗暗的，天未亮時的積窪的水一般，青蛙嘓嘓哀——嘓嘓哀。

連跑帶跳過了浮在泉溝上的竹橋，眼往暗陰過後晶亮浮腫的屍體一閃，淚嘩啦地落，「水蛇！土明，一隻水蛇在乞丐伯的頭上，撲入水裡了！沒有，又爬上了！在張開的口裡鑽！——」

沒有血，蛇咬青蛙嘓嘓哀，添進伯代替報應啊，嘴唇變青，銅褐色的皮膚腫脹發白像隻大青蛙像大奶，不得已！離開老厝不得已！……

土明焦急轉回身拉着他又跑，樹羣張牙舞爪千手萬腿地追！相思樹撞來！墳墓撞來！紅棺撞來！屍體撞來！夾竹桃撞來血撞來！什麼東西擦割着臉，衣服跟着樹枝的折斷破袋，蛋在便當裡跳！蛋給你吃蛋給你吃，不必殺鷄殺青蛙！血！我的臉有血！手和臉全是血！顫抖的手一劈蛇一咬青蛙的血濺出來！一條腿跳開了！嘓嘓嘓嘓聲音細弱無助了！……不得已啊不得已！苦命人不得已會給環境活活咬死！蛇跑了打不到了，青蛙死了不再嘓嘓哀了，乞丐伯，我長大會去找你帶蛋給你吃，乞丐伯啊……。

•一九七七年七月寫•

闇夜的天窗

陰慘慘冬天闇夜，冷風像潑灑的針刺痛肌膚；月亮帶領星羣貞定高立枝椏梢頭，面向人間殘破淒瘖底呻吟，撫射着祥和與同情的微芒。

瓊婆自院後的田塍拐出窄矮的牛車道，立刻被冷風打仆地上，衰瘺顫抖對着月芒求取公義與同情。觸目望去這大大居院的南半面包括厨厠和穀倉已在炮火中存剩傾頽的半堵牆垣。在闇夜裏這般尖裸裸刺入頽敗的景象，悲痛，立刻鑽過瘺皺的肌膚，忍禁不住地對月光湧淚。

繞經公學校後端的濃密菓園，手杖拄過黑暗的行廊，瓊婆像風裏閃出的一褸冷，毫不懼畏地伏穿尤加利樹叢，站立空曠操場正中。

拄緊拐杖要使衰老的身子站穩。顯然冬風太過肅殺，顫慄不已的身子背向星空開始無助地飄旋、飄旋。

「水蕪，水蕪，出來啊出來啊我如何支持啊！……」瓊婆向北面木蕪黃樹林後的甘蔗園瞭望，北風撩掀她的探索，但不見人影。三面繞園的教室因着轟炸後的淒慘，暗昧中塌頹如古老世紀的牆垣；無助的她的低喚，像人類久遠的悲哀奔回到佈滿老傷口的心。闇夜就整個攫持她了。

一襲黑影自蔗田裏飛奔而出，在瓊婆啊啊啊失勢頹塌前緊緊地扶住了她。「歐卡桑，是我，歐卡桑，我回來了！……」

柯水蕪披黑色風衣，蒼瘦的臉頰有乾裂痕跡，精神是抖擻的，深邃的眼透露出頑強烱亮的光采，盈滿焦慮與喜慰的淚。

瓊婆輕輕撫摸水蕪的面頰，鼻樑仍像往日一樣堅挺，而額頭皺擠着了，要像她般步入暮年啊！這孩子，讓她難勝憐疼了。

「歐卡桑，寬諒我……。」

「水蕪，歐卡桑了解，這八年你的一切歐卡桑都了解，歐卡桑感覺光榮，還有阿榴，知道麼？阿榴會諒解你的。」

「阿榴，我沒面子見伊啊！」

「唉，這款暗澹年代人命真像淹水的草，今夜你回轉來，她會歡喜的，一世的夫妻總是久世緣，不要忘記，不要忘記就好。」

「使我傷心的命運，恨自己又不能不怨天啊！」

「闇夜久長已經五十年，再忍一口氣，要勇敢！」

兩人快步走過闇夜愴淒的轟炸後的敗墟。

「究竟，他們要救解或毀滅我們？」

「歐卡桑，飛機再來也好！我們犧牲會有價值的，只要臺灣人有新的運途。」

「當年你歐多桑拿鋤頭跟人去殺日本仔，犧牲得明明白白啊！但是，如今叫阿榴去恨誰？恨飛機嗎？恨日本仔嗎？……」

「恨我吧！恨我吧！阿榴把一切的恨都推給我吧！」

瓊婆作出噓聲，「別這樣明說，巡查來查過幾次，武田和牡子都明白你的秘密身分，小心點！」

靜默繞過自家癱塌的屋牆，柯水蕪在夜昧中吞忍悲鬱。幼年以至成年成婚的美好記憶，在自己的荒唐墮落後，如今二十年過了，這一九四四年的臘冬，家園慘悽，屋內飽嘗折磨的妻子黃榴在兩日前的轟炸中已然病危，啊！這一生的懊悔盡是一夜不可穿透的暗嗎？

原先尚稱體面的古厝，因着轟炸，圍牆、柴房、畜棚、廁厠半偃半塌，像殘廢的人在暗裏擺出恐怖的姿勢；從南面房木板窗鑽出的一片燈光，微弱向着怒吼的天地爭抗。

他從隙縫往內望，只隱約看到牆角靜蹲的長板凳。

嘎嘎推開大廳的拱門，掠襲過來的是隱約張望的保生大帝神像和幾片顫動的靈牌、香案，

「啊！……」塵屑在暗裏拍飛。

「阿榴！阿榴！……」

昏睡的奄奄一息的黃榴臉色死灰，在窗角下歪斜的竹床裏如一具屍身。

「歐卡桑，要救阿榴啊我對不住伊啊！……」柯水蘸在煤油燈下顯出蒼老疲憊的陰影，強抑着悲痛心事，像一株風中抖顫的枝椏，強撐梢頭。屋頂天窗透射稀薄月輝，北風吼吼掀拍瓦簷。

「下午醫生說，過不了今晚了，所以送伊返來，能夠在死前和你再相見，總是好的，人說活要光明死要目瞑，水蘸，聽歐卡桑的話，伊醒來要說好話啊！要說好話，讓伊死得心寬啊！……」

「唉，如何告訴阿榴，我這一生太多太多的虧欠？蒼天有眼，留個機緣好麼？讓我把一生的苦惱和慚愧全部說得清，好麼？阿榴要恨阿榴要怨我都心受啊！」

「過了今世還有後世，水蘸。」

下弦月緩緩飄經天窗往東傾沉了。

屋裏散發一股霉腐，混淆着刺鼻的藥水和尿酸味。煤油燈閃躲的光影使房牆愈加顯出它的古舊殘敗。母子兩人靜靜坐在靠攏北牆的長板凳上，目光緊跟着暗褐竹床上癱躺底偶爾發出呻吟的黃榴。死白的肌膚刻畫出一紋紋歲月底滄桑，就像一塊被割棄於牆角的乾癟木頭。

年輕時，由於柯水蕪的縱逸嗜賭，雖在製糖會社謀得理想優厚的職位，終使安定的日子現出危機，甚且，在獨生子柯武田考入中學校的那年，像一頭瘋狂的脫繮的牛在一月間把尚稱可觀的幾畝祖田賭輸大半。久來瓊婆和黃榴的忍歛到達了女人的寬容極限，柯水蕪的敗名亦遭受會社的排擠。此後，終於成了浪人，離開了三爺村。據說足跡行遍了海島各地，更有人傳出他和艋舺一位並不出色的歌妓還有一段光媚的艷史，但此後數年，他的音訊斷了，柯家和整個三爺村似乎都遺忘他了。

正是十年前，村人因着柯家孤苦長成的男子武田要迎娶一名體面的日本女娘松尾牡子與奮地濶論高談，難免又想起他底父親柯水蕪了。誰也沒想到他竟突然地出現。太陽才躍過蔗花，已入中年的柯水蕪穿戴尚稱整齊，面顏是憔悴的，離村時仍似柯武田翩翩英采的青年，輾轉十年，竟像嚐盡風霜的早衰老人搭早班火車回到三爺村，臉上風趣地撇了一橫煤屑的黑紋，禮貌地向村人招呼。

黃榴在這歡喜的婚事前因着丈夫的出現勾起了深埋的恨怨而一反往常的溫馴暴怒狂嘯！「回去！死回去！不要來破壞武田的好事，掃帚星你回去這款不負責的男人在這款時機有臉回來撿吃的！死回去死回去我到死都不要看到你！……」

中午未到，村人默默端望他的那臉懊喪，外衣斜斜掛在肩，步上月臺搭車北去了。不論他對兒子的婚事是歡喜或反對，他顯然已喪失參與的權力了。

隔日，柯武田和松尾牡子的婚事是村裏最見體面的一次，連派出所的巡查也和女方的家人圍成一桌，吆喝地行酒拳。除了瓊婆似無人發現黃榴眼睛的紅暈。

未幾，戰事開始了，村人有的被徵調大陸或南洋，四十餘年來苟生安居的島民重新意會爲人的艱困與愚痴，聰敏激進的人們自長遠的夢境中醒來，爲此一時空的尷尬與屈辱深深焦惑着。

盟軍的飛機終於飛臨，刺耳的警報和轟炸聲像催命的梆笛響徹雲空。

「敵機來了敵機來了！……」

「盟機來了盟機來了！……」

盤旋上空的是敵是友就像生與死是難以界分的。

巡查幾次來到柯家，探聽七年餘不復出現的柯水蕪訊息。

然後有人傳出，柯水蕪這幾年走往大陸，近來又回到本島，是盟軍的地下工作人員。

柯武田和松尾牡子爲父親的傳聞氣憤咒罵。

倒是瓊婆堅毅恒常的神色竟露出大大歡喜，向黃榴說：「要爲水蕪光榮，阿榴，我們不是喪心失志的少年人，不要聽你兒子你媳婦的話，水蕪這樣做是對的！他歐多桑地下有知真要欣慰啊！」

柯家就爲着柯水蕪分爲老少兩派對立了。媚日的村人極力地要在亂世中討好武田和牡子。瓊婆和黃榴的神采越是煥發着，在逃警報的時刻仍掩不住等待的甜蜜。

終於，等待的心有了着落。柯水龎暗中託人帶來他的訊息，向瓊婆和黃榴約略告知自己平安，一待時機到臨必當返鄉，「心中，只期望着圓滿的未來，以補償過去的罪愆……。」

「歐卡桑，在這幾年我常想念起您，想起逞英雄的歐多桑殘酷地離開了您，彼時，那款孤單暗澹的時代，我還那麼稚小啊！亂世風波是年年興，民命比路草還低賤，安靜美滿的厝園，別人說要來就來，挺槍掛刀騎馬踩了過來了，勇敢人像樹頭一棵棵沉墜地，無顏無心的軟脚蝦像溝邊花蕊隨人摘採啊！歐卡桑，那款時代真是黑暗啊！但五十年過去了，歐卡桑，五十年都過去了命運終於回轉到新的地步，我心內真感動，很懺悔，這五十年我活得像一隻憨牛，比起您和歐多桑，一隻憨牛啊！……」

瓊婆萎萎瘦瘦的身子駝坐長凳上，拐杖輕輕敲打磚板，衰癟淡褐的眼瞳大攤地流出熱淚，搖着頭，「都快過去了，過去了就好……。」

「作人如何免去怨恨？恩恩仇仇這時收彼時還，逃不過的逃不過的！」

「知道這點就好，記在心裏，記在心裏！」

「這五十年風雨淹慘我們的園田，就算武田受他們的毒長大忘根失志，但到川美這代幼子，總是會記住會醒悟的吧！……就像我，活了五十年才清醒。太晚嗎？……不，不會的！」

「恩恩仇仇五十年，我拖到七十五不願死，你和阿榴也五十多了，很好，死也死得光明。」

母子兩人望着天窗，霧似乎淹得深，不見半片星光雲采，倒是北風的蕭瑟已稍低沉；村子除了稀疏狗吠偶爾也傳來幾句不安的鷄啼。

那是久遠前的記憶，消息傳來時三爺村鄰近的車路墘、大潭、虎山諸村的青年相繼湧到三老爺宮的廟坪前。

「這是我們的土地！這是我們的土地！……」

「殺回去！殺回去！……」

呼聲日夜。瓊婆牽着柯水蕨才步出屋外，他的父親柯志從村道那邊一路高呼拐過私塾旁的老榕樹奔了回來。已是黃昏了，瓊婆要他吃飯。他却直奔柴房提出鋤頭趕回三老爺宮。當夜壯丁們趕到與府城鄰界的虎山埋伏。

幾天過去，村裏的婦孺們都憔悴了。聽說未戰死或擄獲的全被追退到二層行溪，正和日軍作殊死戰。

水蕨最後一次看到父親，是半月後，母親瓊婆從廟前牛車載回的大堆屍體中翻出的，少了一條胳臂，全身是乾黑的血跡。瓊婆是衆人中唯一不縱聲號啕的，但，抽抖的她終於倒塌下來，把嚇呆的水蕨撞向慘怖的屍堆。

家園被蹂躪的暗澹童年，父親村人慘烈的一幕每每驚擾着他的無憂。自公學校畢業後，進入了虎山製糖會社，待遇的不公和無理羞辱使賁張的管脈漲滿了肅殺的血。光陰荏苒，成了家有了孩子武田，幾次，真想決絕拋下這美滿的家，去追隨傳聞的各地揭竿而起的義士們。

時空幻化，歲月終非這猶豫與苦惱所能抵禦。喪沉的柯水蕪一步步地敗壞。終於，淹入墮落自毀的道途。啊！那竟是二十年前一九二四的往事了。

這二十年後的闇夜，家屋的天窗仍默默張望天空；爲着他的歸來，煤油燈熒熒閃耀光輝。

「這二十年像一場驚夢啊！」

「生生死死，人世就像春冬相追相逐一點都不留情，靠着黃榴和牟朽的我支持着幾片老田勉強過了幾年，武田中學校畢業進入社會，家計總算擔配得較爲清爽了。」

「武田恨着我嗎？還有未見面的媳婦，叫松尾牡子嗎？小孫女川美長得像誰？轉眼已九歲了真快啊！……」

「伊們正熟睡着呢。」

「我必須防着他們嗎？」

「這些睡熟的人，啊！這些睡熟的人，誰猜得透會作出什麼事來？防着吧！防着吧！」

靜臥的黃榴突地抽搐呻吟，竹床連連傳來痛苦底伊唔。

柯水蕪趕忙攙住瓊婆跨搖過去。

「阿榴，阿榴，……」

「阿榴，張開眼啊看誰囘來了？水蕪呢，水蕪囘來看你了呢！」

凋萎的臉像一把失去潤澤的枯水瓢，皺縮得一彈就會凹裂，雙目深陷成兩顆窟窿，閃着微微水光，吃力地要睜開！……

「阿榴，較好些麼？較好一點了麼？……」

嘴角輕輕噏動，眼眶猛地溢出的兩行淚迅速鑽入纏絞的髮蔭裏。柯水蔴這時才看見她髮叢黏貼着大片砂土，忍不住伸手去捺開。耳朵冷冷地攤垂着，右耳跟後的傷口，覆貼的綳布被染成乾黑的血塊。這大抵完整如初的臉靨已使水蔴鼻酸淚湧，而不忍把嚴重傷殘底軀體上的棉被掀開。

「以前我總可以怨恨你吧！拋棄歐卡桑和我、和武田，水蔴，我不了解啊！……又是爲什麼，十年前你回轉時，我那樣氣憤趕你走，唉，作人確實很難啊！替兒子娶媳等於失去一個兒子啊！人都這般講果然應驗，除了歐卡桑我內心的怨嘆誰會了解？……水蔴，我是要死的人了，我怨恨，這一生這款輾過了，這十年來我已是孤單的老人，我是很看破一切，但現在我怨自己，怨這款時代一點光明也無，真的，一點光明也無……。」

「阿榴，要堅強，堅強一點！……」

「真的，我的眼前一片黑暗，看不清你，看不清歐卡桑，過去也都看不清了，一點光明也無，一點光明也無啊！……」

「這是闇夜，等一會天就亮了，阿榴！」

「再等有什麼用？人有幾口氣可走跳？唉！遲了，遲了！……」

「阿榴，請諒解我，我慚愧啊！」

「我嫁給柯家作媳婦，這是命，水蘸，我當初總是幸福的女人啊！但是，爲什麼呢？爲什麼呢？你不作個好夫婿，讓我依讓我靠？……」

「阿榴，是我軟弱，我慚愧，我慚愧！……」

一旁流淚不語的瓊婆此時敏銳感覺閉緊的窗外有人窺探而出聲疾喊：「誰！」

柯水蘸焦慌攀緊竹床，兩眼直望被風吹震的木板窗。

「歐巴桑，是我。」

「喔！」瓊婆抽緊的心才卸了下來，輕對水蘸說：「是武田呢。」

「武田！」柯水蘸開口喊，要去開門。又停下來，由瓊婆前去。

柯武田穿着厚厚的和服，跨將進來，直望眼前的老人，腦裏迅速閃出記憶中的形象。

「是你歐多桑。」瓊婆說。

「喔。」

「武田！……」水蘸半張的兩臂激動顫抖。

柯武田向父親漠然回望一眼，顧自走往母親臥躺的竹床。略顯短小的身子一付精明樣，剛刮過鬍髭的臉頰容光奕奕。柯水蘸黯然退回牆側，坐回長凳上。仰望着天窗，晨光似已逐步穿入夜昧，鷄鳴激烈呼喝！「回去吧！回去吧！……」心底這樣唸着，一陣陣地抽痛。眼前兒子的裝扮和神色是如何陌生冷漠啊！「我是誰呢？我是誰呢？……」破敗的震裂的屋牆，橫樑也顯得過於朽舊，屋瓦間的天窗，被蜘蛛網爬滿灰色的網罟。今夜，這樣頻頻仰望着，天明這般迅速就將到來，「是的，光明快要推破闇夜了！」趁着天明前，趕着夜路囘去吧！

昏臥的黃榴又一陣激烈呻吟，「啊啊啊——」煤油燈在她抽搐的臉上晃擺，就這樣要枯去了，武田叫喚她，瓊婆叫喚她，水蕪奔近她身邊，低下身，淚滴到她的髮上。

柯武田斜睨着父親。像在說：「這一切都因着你而起啊！家已不關於你了，你爲何囘來啊！走開吧走開吧！……」

水蕪體解這一切，一陣陣隱痛，就說：「武田，照顧你歐卡桑和歐巴桑啊！」

黃榴從哀嚎轉爲喘息，強撐眼皮，「水蕪，不要走，……真的，我想過，我不應怨恨你！……如果，如果有來世，請你不要離開，好麼？……這款黑暗，我一個女人，怎麼過呢？……我不像歐卡桑這款堅定自信，這款闇夜，我太驚惶，這一生我實在太驚惶！……」

水蕪蹲下身子，輕撫着她的面頰，又昏沉睡去了。心中除了懊悔，眼看一盞燭火在身前逐步熄去，總是憐惜和不能割捨的傷悲了。「我是個惜情的人不是浪人啊！」水蕪對着她，忍不住潸潸然。

儼然長成的兒子武田正是奕盎煥發的少壯之年，自己不久畢竟要像黃榴那般萎去的，也許他無力對未來的時代多作要求，而只是盡着倒下前的最後一絲氣力，爲自己此生此世救贖吧！……那麼，父親柯志的犧牲所給予的典範在這五十年裏我是否輕率的遺忘了？或說，因着意志的薄弱自己在強權與亂世裏倒塌了，遺留給武田的竟只是這醜敗扭曲的時空嗎？……啊！我的救贖正是武田的救贖吧！因爲誕生時他已不能真切踏在自己的田園，啊！救贖着吧！這時空五十年一場無邊底闇夜，有誰能像母親貞定如常，相信並等待天明必會到臨呢！

「武田，」柯水蔴站起身來，面向武田和母親：「不管你怎樣想怎樣作，記着吧！你是什麼人？爲什麼活在這款世界，總要能看透！」

柯武田把臉轉開，望着床上奄奄一息的母親，在這奇異闇夜的氣流裏，佈滿着死亡的腐味，也無心多作思索或憤辯什麼了。

鷄啼也歇了，風舒緩了，而冷意更深地鑽進。

黃榴又開始一陣痛苦呻吟，像凋枯的葉瓣和風聲作最後的搏鬪！……

柯武田急忙走經大廳到北厢的房內喚醒女兒川美。妻子牡子並未跟來，邊走邊問女兒究竟怎麼回事？知不知道母親一大早去哪裏？

瓊婆擁住楞楞望着眼前陌生男人的川美，因流淚聲音哽咽地：「叫歐吉桑！」

「歐吉桑。」

柯川美跟着父親跪倒，低喚床上彌留的黃榴，「歐巴桑！我是川美啦，歐巴桑！……」

黃榴身子一抽崩出一滴淚就在由黑轉靑底天窗的初曦裏一瓣瓣萎落、靜止了。

只餘下一句怨嘆撞得柯水蔴癱倒床緣，像失足墮崖的孩子，撫緊痛楚的身軀失聲哭嚎。

「阿榴啊！阿榴啊！……」

水蕪開啓木門步入大廳，大廳的兩扇門只掩半邊，把風和水青色的曦光晨霧整個的攤展進來。雖有古典細緻花紋的檀桌看來是堅固的，積着轟炸震落的碎瓦，砂塵猶輕輕地飄。這廳房古舊莊重的暗黑色澤，傳達過往歲月的毀敗樣態而更顯現出陰冷與怵怖；裂了玻璃的保生大帝神像，歪斜晦暗的靈牌，畏懼着闇夜與風寒而避掩在角落處。水蕪把兩扇門掩住，點亮白燭，在屜間拿出香供插上案。

拿着香燭要轉入臥房，還未跨過門檻，突然，背後剛掩的兩扇廳門被狠狠撞開！

「誰！」

一驚！還不及退出兩名持着槍的巡查已迅速跳將過來！

「巴該落！敵人走狗！大皇軍的叛徒！」一名巡查一邊在他的皺風衣內翻搜，一邊尖聲喝罵！「終被逮到了吧！看你還有多行！巴該落！」

屋中的瓊婆和武田、川美哭號乍止，整個傻住了。

「水蕪！……」瓊婆顫危危地顛晃，撐托身子的木杖跟着轉，「水蕪，歐卡桑害了你，歐卡桑害了你！」奔過去抱緊孩子，巡查礙於武田的情面只默立門口。瓊婆舉起手杖指着武田：「是你吧！不孝孫是你告密的吧？你忘根失志變成日本人了嗎？你歐多桑、歐卡桑和歐吉桑這款慘還不夠嗎？臺灣人這款慘五十年還不夠嗎？武田，要想，要想得清看得透啊！」

水蕪頹喪地和川美上香，跪立黃榴身前。

柯武田終於從思索中抬起，瞪視着巡查：「是牡子吧！是牡子跑去告訴你們我歐多桑回轉的吧！」話說完踢開房門奔過大廳，「牡子！牡子！」怒喚着。外面是一片茫茫的霧，他閃進臥房，從床鋪上翻出牡子所擁有的手槍，慌張上了子彈，「牡子！牡子！……」地喊出來！跳進大廳時巡查正押着水蕪走出，而牡子，站立旁邊神色傲然地和巡查比手談論，不顧背後淒苦底瓊婆的哀訴求情。

「砰！砰！」兩聲，又「砰！」然一聲！像陽光驟射陰暗，厝廊上的棲鳥拍翅驚飛！

巡查和牡子還不及驚叫已隨聲倒癱檻上。

武田就這樣站立亮起的前廳，臉色由灰轉青，忘記自己是有意或失手，川美已奔過來緊緊摟抱伊的母親，哭喊！懼怕地看着父親正撕解自己般顫抖、抽搐，在水蕪走近他伸出溫暖雙手時他終於像裂碎的瓦撲墜下去！

「孩子！……」

「砰！——」瓊婆才跨過門檻未能適應晨光的明亮，驚悸間武田寬敞的和服噴出一抹血，倒栽而下，讓水蕪緊擁着搖喚着兒子兒子！「爲什麼呢？爲什麼呢？」嘴角的笑意似是柯武田唯一的滿意的答覆。

自天窗攤射下來的光暈把屋內的陰晦逼退到朽陋的牆縫。九歲的柯川美稚小的心無法承擔眼前遽變的生生死死，恐懼使天真歡喜的心猛向天窗的光逃遁，像夭敗的草蕨從濕腐的石縫向篩落的陽光召喚！她的祖父柯水蘸和曾祖母瓊婆抑制着創痛安慰着她，闇夜的驚惶使晨光顯得猶疑和恍惚。

「以後長大就不怕了，川美，別哭，別哭！」

柯水蘸扶着母親，把臉曝在輝芒裏，「歐卡桑，讓我和川美都能像您一般堅毅和勇敢，闇夜雖久長光明還是要到來，歐卡桑，您說得真是好啊！請您再等待，好麼？我會回轉的，我會回轉陪伴您，陪伴這古厝，把一切整理得像當初一般的啊！」

「快去吧！趁天未大亮村人未醒覺，快快去快快地回轉吧！……」

「一切要您操累啊！孩子不孝！……」

「快去快回吧！」

「我會回轉的！」

柯水蘸奮臂跳過佈散的屍身嘎嘎拉開廳門閃入屋外的霧中。

陰慘慘的屋內，薰香兀自繚繞，瓊婆陷入深纏底噩夢，已然衰痿的身子啊啊暈盪，屋牆盤旋闇夜化成一股暗痛鑽入緊縮的胸口，啊啊啊拄撐拐杖要站起，腐敗的陰濕味和屍體的陳佈使最後一絲氣力頓然凋破了！……

柯川美從仰躺的父母前一步步倒退，順勢旋過身子扶起瓊婆，「天亮了，歐巴桑，天亮了！」

自天窗斜斜射入的陽光像跳躍的一泓水，讓老少兩人在驟臨的溫煦裏伸張雙掌仰高了臉接受它的沖刷。

柯水蕪一奔出大廳，再再審視明亮的這殘破的屋厝，兩眼熱辣，一切似真似幻，猶如忽痿忽振的心所艱難面對的長夜折騰。

薄霧層層湧退，迅速繞過公學校後端的濃密菓園、靜謐的行廊、篩落滿地光珠的尤加利樹！在寬曠操場中央，佝僂的身影像擺不開的一疊暗在露草上拉得瘦瘦長長，稍稍駐步，風撲颳，立刻向昇起的陽光疾疾奔返過去！……

一隻斑鳩迅速掠過天空。

·一九七九年十二月寫·

孩子，往前望那山巒

1

天才亮了一端樹梢，葉老土依著慣翻轉舒懶底身子。

昨夜令人迷離的人間的霧，正逐步往玄遠幽妙底宇空逸散失沒；而東邊的山巒，和山巒後的山脈，正在朝曦裏展現著大地柔韌的筋脈。

晨光正是一襲惶惑的網，細密掌握了靜寂淳樸的大潭村。熱切的稻禾果樹與默列村路間的木麻黃，興奮地喧嚷。鷄鳴已歇息一陣，此時又焦躁地向著朝陽啼叫了；然後是豬舍的混亂。一夜沉靜未語的水牛，站起身來，向隱於未能見及底鄰家農舍的友伴，發出一聲吼！

秋末，晨曦柔輭細緻，正似微微撩吹的善感風聲。葉老土微搓了眼，心想：只有葉嬸老伴才可猜嗅得知這依依望窗似醒非醒的心情吧。原不是她那愛憂慮叨唸的女人性格啊！

大家常誇他年歲愈大愈是朗健的青春臉態。紅潤康壯的身子真是嗅不出心底那點滴蒼涼感的。想是這幾年肚腹稍稍胖，和一直瘦萎多病的葉媸更顯得差距。但在葉老土來說，心底的那座田真逐漸要枯得無力耕。老了呢。

老了就要寂荒得焦愁。這幾年，不承認也是強撐的。但脾氣還是牛一般衝著田，硬硬地犂；村人一如年青時畏敬他，知道人活著總有不迷糊的，別學那些霉了運的日本巡查去惹他，狠狠被咒罵一生。

畢竟葉老土不是那種邋里邋遢低頭吃草的牛。日據時代愚昧村人過著被吆喝的日子，久了慣了，倒也能滿足起現況來；且滿懷希望地把大潭村四週的「虎崖山」、「武當山」、「中洲」的田地一一改闢爲蔗田，而以端望遠處仁德糖廠的大煙囪虎虎冒煙爲樂；到了戰爭時，有的還真被哄誘去南洋當軍伕，自視英雄般地唸著「賣死賣死」的日語聲調拖著木屐披著和服，一付「皇民」的模樣，在大潭村四週晃去晃來，能和派出所的巡查高談兩句就虛榮地繪聲繪影。葉老土恨透這些，每次經過派出所偷偷對著那列被象徵爲威信寫著標語的紅磚牆吐口水！後來，終於丟開了新婚的葉媸，跟隨浪跡一生的叔叔奔走於崗山、阿蓮、車路墘、臺南一帶，匿藏於潺潺嗚咽的二層行溪畔。雖然那時已少有武裝的實際行動，但也慌得風聞的日本巡查日夜掛緊槍枝。後來叔父被判死刑自己也因違抗徵召和陰謀嫌疑被關進鐵牢。黑暗的兩年過後，抗戰終於勝利了。他走過派出所的磚牆回家，兩眼流著熱淚。他發誓，在他像偉大的叔叔一樣擁有光榮的記憶死去前，他要離開這羣愚村民、這紅牆，回到已被稱爲「虎崖」的大潭村舊跡，要在那坡地的瓦礫裏重建門面。只有自己真正去護愛才能真正永久擁有、傳承，大潭村的老少在迷亂的時局中，讓葉老土看來真是不識主人不識土地的憨牛了。

只是，天色就順著窗櫺加深的蛀影撲向暗紅的地磚了。怕拖鞋就要曬溫了。該醒了。女人一般戀依哪年底辛酸叨叨地暗恨著嗎？這臉一生皺得少，沒人會猜想得知葉老土這般對早晨的陽光還戀床在想：唉，老囉！

葉嬸已默聲理好晨點了，喊他。

「阿田是說今日回來啊？」還不等葉老土洗好臉甥著一畦涼糊糊的腮問：「會坐夜車吧！那就快到了。」

「唸些沒用的就飽啦！久久返來一回還不是又趕快回轉臺北去，真像祖宗也隨伊去了！……

……」

陽光就直直撒了整個背。暖忽忽的一種溫馨感覺，噓著熱粥。看著旁側的葉嬸，半邊臉亮著光，嚅動的頰瘦白得像冷去的粥了。心想秋要入冬了，「真要冷了囉！」地嘀咕，一腔脾氣已直直衝向鋪於餐桌上的臉的影子！「沒用的人，三十七歲了還一副閒樣子！沒看到小他的林丁亮，孩子也上國中了！」

「阿田真是憨，也不替父母想，才生伊孤子呢。」

這頑冥的心底的那股怒，鑽呀鑽的在層層的時光之網穿梭，竟像如今這片黏遢遢的蒼蒼涼涼。誰都知道大潭村威嚇而多波厄的葉家，都知道葉老土先生建立底堅毅、頑固、善誠底家風，他那嚴肅而可親，充溢臉上的一笑一喝皆是風範如儀的。可憾的是出外多年的獨生子葉田未曾在事業家業予以貼密的配慰。他和瘦小的葉嬸守著一房黯舊的磚屋，在「虎崖」的大片蔗田中央，一爿貧瘠坡地上照顧五十箱蜜蜂和參差菓樹，果真寒傖寂寞了。

生下葉田時葉老土的叔父正因案發被關在鐵牢裏受盡鞭笞之苦，那時聽到這消息，患難的心感動地流淚了，「現在我更是什麼也不必顧惜的，命可以無牽掛交出了！」叔父被押到刑場時葉老土忍不住地喊：「我們的仇會有得報的，你先安心去吧！……」

好遠好遠的一記疤了至今還褪不去，踢痛著胸口。這葉田，難怪葉老土要叨唸；從呱呱落地到現在不曾有一絲快意、一絲氣力讓他可以貼慰這痛；那些閒閒悠悠活著的同輩都當起祖父，向子孫說年輕去南洋拼命的事。葉老土又憤憤對著派出所的磚牆吐口水：「憨牛！這些大潭人世世代代要當賊盜不分的憨牛！是我的子孫就提來這裏活活敲死！……就像殺日本狗一樣！幹！」

葉田勉勉強強讀完初中，十七歲卽外出打拼。服役三年回來時滿懷理想要幫葉老土把大半廢成棘樹林的虎崖坡地打點起來，樂得兩個老人拼命回憶往日讓他共體榮耀。誰知，不到三年就和派出所黃警員的獨生女兒黃芃熱戀起來了。葉老土氣不過，怒嚷得要讓派出所聽見似的：「誰和那牆裏的人來往就別進葉家大門！」葉田頂撞他：「他們又不是日本人！」「狗窟永遠住狗！何況他們不是本省人！」「大陸和臺灣流一樣的血！」「一樣？他們從大陸過來會知道這五十年內你叔公、阿公吞的是什麼酸苦！大潭的潭水多深會知道啊？……」

葉家大門不大，果然連葉田也容不下了。這一晃就快十年，除了偶爾忍不住說起在大潭就死了母親、如今和調往北部的父親相依，在臺灣無其他親戚的黃芃，真想回大潭定居，因爲這是伊故鄉……。不可避免地是被怒喝止口了。……然後的這幾年再也不曾有過任何婚姻的爭執。可真急了兩個盼呀盼的老人家，在這風行以抱孫早爲榮的大潭村，如何能不日夜惦記著、愁快著呢？

麻雀羣集飛叫，門簷正是一場激奮的爭辯了。

「冬天一過，我都六十五了。」葉老土依坐門檻想：「這一生晃到最後，什麼樣子呢？……」

2

坐望少頃，心想葉田或許搭日車，要黃昏才返回。就把工具齊結打捆好，準備到虎崖爲蜜蜂飼糖水。

才拐到村道，派出所彎斜的紅牆後閃出一輛青色計程車，兩人避身側旁，直往車內探看。車子煞住！

葉嬸喊：「阿田！是阿田！真派頭坐計程車哪！」

看來高瘦的葉田亮著一般年青人的西裝頭，提著小皮箱嘻嘻鑽出車門，「真是酸累啊，坐夜車越來越不堪受。」

「知道歲數就要懂得打算，沒幾年就要像阿娘了！」

葉老士：「三十七歲的人可沒多少時日走跳！看你羅漢一個鑽來鑽去實在令人脚冷。」

「別老是說這些啦，我真累睏，又餓哪！」

葉嬸重新把粥溫熱。葉老士受不住父子間無語的，一如房內的暗凉，步出屋外和煦的陽光中了。

聒躁的麻雀，像從派出所的蔭鬱樹叢齊集奔來這片暗舊的磚瓦上啄跳。葉老士蹲坐磨石上噴菸，舒懶懶沐著陽光，瞇起眼從恍惚的煙霧中瀏覽蛀腐的屋簷木樑，已是古典的雕龍鏤鳳了。想起自己曾是稚氣快活的孩子看父親叔叔蓋起這房屋，安排在廳兩旁房間的是他們兄弟兩人將來的依止，要傳活脈脈的兩大羣子孫，葉家的子孫。一晃五十年恁是這般凋零。父親只傳了他，他和葉嬸在戰亂與危厄中也只育了葉田；而叔父却孤零一身，跟著早在多年前亡歿於連串勞累、病傷的父親——一個被敬重的漢醫、義士去了。穿織這記憶之網的除了葉嬸，就只剩這些去去來來永遠招呼著的麻雀，陪他這般仰望著陽光門廊了。抽了最末一口菸，菸蒂往屋頂抛擲驚起幾隻雀鳥。「還多久，這房子也要轉成瓦礫靑草堆了呀！……」

不過，嘴這般唸著心中飄浮的畢竟是「虎崖」山上的那堆石礫。那時稚小得不知事態，何故嚇人的日本巡查經常晃著長刀繞過墳地、廣垠的蔗田來到寂靜的家前吆喝怒罵，甚且拾起木頭把窗門狠命敲打、撞撼，母親緊擁著他躲縮得遠，偶爾在家中的父親站立旁側臉色鐵青咬牙切齒，狗狗狗地低聲咒罵，奈何！後來被逼得緊，就在派出所旁的祖地修蓋了這磚房。直到長大才知道原因：父親叔叔常躲躲藏藏從二層行溪那邊帶來的幾個疲倦男人都是頂尖的反日義士，日本巡查屢抓不到就壓迫著葉家遷來衙門旁就近監視。並把這爲了配合日本在臺灣的糖業政策，廣植蔗田的大潭村舊跡——擁有河流、河床平原、坡地的富庶根源取了令人驚嚇的名字——「虎崖」，諸稱在山坡與水潭接連的崖層附近，棘樹林、竹林中有老虎出沒，向愚昧無主見的、世代生長於斯土的大潭村人哄騙：要葉家遷來除了是促進村本身的共存共榮，更是爲了避免同胞們無辜受害。

事實上再愚昧的人也能聽到真正風聲，這種欺罔的技倆雖是日方所慣用但太不高明。只是，到後來，葉老土竟也無可抵撞地要依著，幾分新鮮地跟人稱著「虎崖、虎崖」了。時空這般無休止地更替著，終於渡過了貧困與迫害、戰爭與恥辱，臺灣光復了。

葉嬸原在房內伴著葉田，一陣陣感覺家裏真真冷寂。也步到陽光下，對著喃呢的老伴瞪眼：「這樣呼熱呼冷的，將來真會有寶貝孫同來伴你啊？作夢哪？現在社會，年輕人走得愈遠愈認爲厲害，你啊！想得昏頭也沒人疼惜啦！」

葉老土心房一抽，這是事實。位處偏郊的大潭村的年輕人大半只是茶餘飯後父輩們的回憶，竟像老遠渡海沿二層行溪進移的祖先，已悄悄走返遠方未知的地域了。「大潭就是根了，做子孫的怎可任情丢棄呢！……唉。」腦中飄起虎崖山那堆瓦礫，真像破碎的歲月的臉啊！

3

黃昏的雲被秋凉的暮風吹昇西邊的天空，夕日濃稠，從虎崖山的坡地遠眺，從大崗山迤邐而來的二層行溪，在廣垠的平原間染織著酡紅。

爲每一箱蜜蜂飼貯好糖水，葉老土取下面網，收好蜂掃、燻煙器、巢框等工具，向荔枝樹下刈草的母子招呼。

三人沿著雜草披靡的棘樹林小路走往坡崖下的水潭，在厚積落葉的竹林搜割冬筍。身側，清冽的小水潭寂靜如生命初始的奧秘；暮晚的夕暉、竹林、聲籟絲絲入映，像幽深的歲月的鏡子，爲大地的愛怨予以公平記載。

這正是傳言的大潭村因源，——一個幽深廣垠，爲二層行溪滙積與行走船隻聚泊的大水潭，吸引渡海而來的人下船墾荒。但從大崗山流下的砂土使二層行溪逐漸淤淺，水潭亦慢慢縮窄；久年之後，二層行溪與水潭間只剩下一條細流相溝通。而漸漸淺縮的渠流終也被墾爲稻田，形成如今獨立的、寂靜的水潭。

「這水潭早晚要乾涸了，大潭人以後連祖先何處來、為什麼選這地方落腳都不知道了，可憐的啊！做人愈來愈沒價值的啊！……」葉老土失神望著深綠幽靜的水潭，疊映的倒影有如交錯於內心的豐饒記憶，在逐步向晚的嵒色中感覺卽將要隱成一抹無邊的蒼茫了。「看看吧，連那座大崗山，被水泥工廠挖成這般淒慘的模樣，到以後，一切都變了、失去了！……」

父子三人返身崖坡，往歸返的路行去。經過大潭公墓，天色就整個暗下了。

葉老土每每對著交替的光景駐足流連。墳地一再增加體面的新墳，破陋古舊的在無意中一個個沉沒。蔓草與兩旁蔗林咻咻淒嚎。六十載光陰像忽颺忽掩的北風抱繞浮湧的生存意願；而逐漸增深的冷，正似僵老肢身蔴繞著不勝寂寞與等待的，已然步步萎去的倉皇的心。

回頭，慢步於衰萎的葉嬸身側的葉田，一身從城市染薰的懈怠慵懶現出中年人的傲慢與卑憐。葉老土微微惱怒了，他不能像平時的想念，用孩子稚小的形像來慰念；所看見的，在混亂時代何許辛酸孕育的孩子，正像一枚缺少動人紋脈的樹葉飄萎向人生的歸岸。夜色過去朝陽再起時，誰來接替那久遠溪流的奔瀉，與永遠的鳥雀共笑躍呢？那瓦礫，那潭水，就這樣如墳地般悄然失沒嗎？

「阿田啊，要打算的啊！……」唸了一半又止住了，沒想到竟愁傷成這般地步。老淚被吹得涼辣辣的。

村的燈火亮了。

派出所圓拱的磚牆肅穆靜立於田園與村舍交接的三叉路口，暗紅的誌燈像忠實塔燈引領歸返的疲倦農人和徐行深思的牛；牆內，暗鬱菓樹與屋內燈光強烈對抗。而在正前方路的對面，是供村人曝曬作物的空曠廣場，靜數天空相繼蒞臨的星月。

「聽說前幾年你和黃警員的女兒，在北部有來往？」

「嗯。」

「我說過，他們和我們是不適合的，一生很久長。」

「阿爸，你還分什麼外省本省的？真是古板，爲什麼你不選大潭人要娶阿母？伊中洲人哪！」葉田在路口停住，望向遠方伸向城市的寂靜村道，橫跨的高速公路休息站橘黃的鮮亮燈光把天空照出一朵鮮暈。「黃芃在大潭出生，照說伊是大潭人啊！伊父親二十五歲來臺灣在大潭就整整住了二十五年，母親也葬在虎崖山，阿爸，你，大家都說你固執啊！」

「伊阿爸是巡查！」

葉嬸覺得葉田答得真妙，看不過葉老土多年來儼然有理的粗聲快語，沒人敢頂辯，竟被這樣順口一抹堵得要嗆了。就笑著說：「你阿爸是一個搭汽車暈了車，看到牛車也要驚惶的人啦！」

葉老土晃晃頭，總覺還有什麼理由實在。……又晃晃頭，家就到了，「誰說我固執啊？……」

屋內的燈一捺亮，屋簷立刻顯出陰影，像窺探天空的朽舊的眼。幾隻蝙蝠錯肩飄閃，忽顯忽暗。

葉嬸心口嘭嘭跳，等不及葉老土發問了。「黃芁呢？住哪裏啊？阿田，帶伊回來大潭玩嘛！……」

葉老土抖著手掏菸，兩顆眼珠跟著葉田的表情跳。

「一年多前就分開了，」葉田弱著聲：「壞緣啦！」

葉老土身子擲向簷下的磨石上，點亮了菸。葉嬸走回房中，把兩邊臥房的燈憤忿捺亮，回到廚房，鍋具有意無心地翻摔著，跨出門檻到芒果樹下抱一把乾柴，怒瞪著葉老土，葉老土慌忙避開臉。「只知道坐著等飯吃，老固執！……柴快沒啦何時你才要劈啦！」

「兇什麼啊！」葉老土真正氣惱了：「是你寶貝兒子無用啊！不想想生伊孤子，拖到現在，還要做父母的掛心！……」

葉田從顛顛盪盪的沉思中抽拔出來，抬開眼，燈光刺目！「我知道啦，我會找人結婚啦！免操煩，好麼！」

4

葉田依舊匆匆回返工作的市鎮。秋深冬臨，每到午夜，大地便讓深濃霧露與寒風所浸抱。虎崖水潭的翠竹依次把羞怯的針葉插落暗冷的靜水裏；這古舊磚屋有如沉篤冬衣偶爾也不勝瑟縮地掀翻衣角。寂寞的大潭村正蟄伏成謙遜模樣，等候冬去春來的歡喜慶宴，那時正是收割完畢人們忙起嫁娶與春節的一連串節日。

一個黃昏。萎黃、發育不良、從小是葉田玩伴、工作友伴的鄰家孩子——如今是一家洗衣店老闆的林丁亮，攜帶家眷——妻子和二女一男返鄉小遊。

「我們阿田和你不能比啊！」葉嬸見著這場景竟悲涼地噙淚了。

「阿嬸，怎堪得這樣說呢！」林丁亮左腕抱著幼兒，右手搓著被鼻涕沾污的鮮紅襯衫領子，「阿田已經陞爲班長囉！人人說伊是廠內最堪得苦有能耐的青年啊！」

「青年！」葉老土從屋內搬出凳子重重砍了地：「三十七囉！還是兩袖空空的羅漢脚啊！……」

「是伊標準高啦！哪像我，不管黃面白面娶個煮飯的！」

葉嬸趨近身子，細聲問：「你以前說阿田和巡查的女兒還來往，爲什麼又分開？——阿田前次說的。」

「我也想不通，兩人好那麼多年了怎會再散去呢？何況，都有孩子了——」

「孩子！」葉老土從椅上跳起！葉嬸衝近身子。

「我前次回廠找阿田，黃芃已經走了，聽說是因爲有孕才辭掉的。後來我又去看阿田，阿田很高與地帶我去看伊，已經生一個兒子，白胖又勇壯的啊！以後我自己開洗衣店，太忙，我就沒找過他們了，再來的變化我就不知道了！」

葉嬸：「真實啊！我當阿媽也不知道啊！」

「枉費平時怎樣敎示伊的，還未結婚作這款事啊！」葉老土激動了：「這樣就該把黃芃和孩子帶回大潭啊！真的生一個男了啊？我當阿公啊！……」

「阿田可真怕你責罵，阿伯以前反對那麼激烈！阿田說，和黃芃作堆你都不喜歡了，如果被你知道有孩子豈不是大潭都別回來了。」

「真憨啊！阿田真憨啊！」

「想不通，兩人好好的怎會再分開？那麼，孩子呢？」

葉嬸兩袖揮舞了：「黃芃要娶進門的，至少，孩子一定要抱回來的，我的寶貝孫啊！……」

這緊護的嚴肅家風竟已頹敗成這般，面對晚輩林丁亮真顯得難堪：「明天，對，明天我就去找回寶貝孫，好歹總是葉家子孫總是要同轉來大潭的啊！……」

5

冬寒與寂寥真深偃了大潭村了。長久第一次在晨起中這般振奮神采，不稍有著戀眷的，正如昨晚徹夜的夢景，擁繞膝側的孩孫們像心喜的晨光雀鳥歡鳴悅唱。

葉老土手撐兩腰，儼然凝思成深沉模樣，仔細察看屋房的殘敗，神情不免是輝煌幻想的滿足之感，心想：頹敗的就任其朽去吧，葉家的脈又要像活泉般開始豐饒湧流了！

葉老士於是開始了他長遠而壯烈的旅程。

臺南嘉義新竹一站站地數算。久年未曾遠行，驚訝世界竟閃變如季節興替，無法自眼前風景去辨認舊時印象……。

到達臺北時，已近黃昏。

這般辛苦，在郊區尋到了林丁亮抄的地址，房東說黃芃早在父親病重時就搬回去侍候了，在頗遠一個鄉鎮的警察局宿舍，又搭了兩小時的車。夜要深時，葉老士拖著一身疲倦，滿懷冀望地向穿著制服的警察問起黃芃的行踪，這是大異往常的行爲了。警察和氣告訴他，黃警員爲逮捕歹徒重傷後，黃芃細心照顧了將近半年還是無法改扭命運，終於成了無依無靠的孤女了。她用父親的撫郇金買了一間房子獨居於新竹。警察向眷屬探知了所在，抄好地址詳註搭車方法。但告訴他：太晚了夜車恐怕停歇了，就先在這鎮裏的旅社過夜吧！葉老士雖未氣餒但真已疲倦酸痛，日夜的囂鬧與奔波，身軀迎著冷風晃晃顛顛了。

一夜輾轉，直到凌晨才睡熟。醒來時已近日午。慌慌張張地趕出門。

將近十年不曾見面，當眼前的清瘦少婦，兩手緊捏工作中的成衣布料，敏銳地臆猜時，葉老士已一眼確認她正是黃芃，無限憐疼地呼她了。

黃芃緊張，門只半開，問詢這鄉下模樣的老人。

黃芃激動慌亂，一時呆楞無語。

葉老士對國語一竅不通，黃芃只能從學到的幾句簡單臺語和他猜謎般對話，表情與手勢扮演重要角色，使對坐的兩人彷如激烈地爭論著、對罵著。

流盪心中的暖流正是久來靜盼的家的溫馨啊！只是，如今事實俱現但境態的迥異像一道冰涼逆水的沖激！兩人表情顯現無限悔懊，默禱命運能再回溯應有的美好。

「給人了？我的寶貝孫給人了！……」

「葉田不要的，葉田不要的。……」一年多前，孩子已滿週歲，葉田却開始顯出嚴肅冷漠，對待孩子常有異樣的兇狠。不久，他要求孩子給人收養，黃芃是厲聲反抗的。在感覺到葉田將會在長期的爭鬧裏離開，她還是決意要守著孩子過一生。誰知道，父親竟傷重入院，須要她長時在旁照顧，這可愛無辜、將在警察眷村引起談論嘲笑的私生子，她是沒有勇氣帶回去的。交戰的最後，畢竟潰敗了。終於讓葉田抱給年老心切的程鵬教授收養。

「我的孫呢！為什麼我的寶貝孫你們這樣絕情對待！……」疲倦偃來，葉老士心中抽搐著，一股無邊的寂寞。

「去問葉田啊阿伯，不是我情絕啊孩子是我親生的骨肉啊！……」這內心的酸苦，一年多來的委屈與羞辱，那曾有的萎逝了的甜蜜與歡呼，都凝成涓滴不止的淚了。

6

中午過後，黃艽帶引葉老土再返臺北。

已近下班時刻，街道更顯紊亂了。葉老土瞠目結舌擠上公車，從乘客肩膀的隙縫猛探：大樓有如據地而立的怪獸，偶而在獸脚下的行人中有稚小孩童和老人共行，就慌張把臉猛往窗鑽，弄得周身的人紛紛怨望；黃艽只能在一旁紅著臉，對他焦切探問的神情搖頭復搖頭。

終於在有著樹蔭的矮牆旁下了車，這是一所具有優良傳統的大學。身邊游穿的盡是抱懷書册的青年，面對這些歡喜潔麗的人羣，兩人脚步更顯羞怯緊張了。

校園羅列著肅穆的古式建築，略顯凋黃的樟樹、尤加利、椰子樹於勁風中歡舞，盛開的杜鵑散播暗香。

此時，四邊齊鳴一陣抑揚的鐘鳴。羣羣濶論高談的學生們從暗陰的廊簷摟簇走出。

葉老土停止脚步，端莊地再往四邊瀏覽一番，「我的寶貝孫，一定要伊來讀這體面的學校！……不論如何也要讓伊讀得很有學問，當教授、當博士，我們葉家，我們大潭村總要有能人來開大門，來創現日頭天啊！」

黃艽，拉緊瑟縮的身子頷首。

「還多遠呢？我的孫兒會在家麼？……」

左轉，再穿經一列列校舍樹蔭。操場畏，不畏冬寒的學生們興奮跑跳。一片灰瓦房舍羅列於空曠之末端，讓矮牆間隔著，從建築式樣看來，葉老土知道那是宿舍了。

「到了呢。」黃芃被砂塵吹痛了眼。曾和葉田同來探看孩子一次，後來連葉田都不屬於她了。父親死後她在居處與生活安定後，曾幻想能再擁有孩子，鼓著勇氣要來懇求程鵬教授。竟無力忍禁草木的興替、這空曠操場的孤零感覺，痛哭著跑回那片古典校園躲在一叢杜鵑後哀訴著。無語的白花紅花披落一身。

而此時，門後端一間七里香爲籬牆，內植芬芳茉莉的庭院內，程鵬教授正欣喜享受冬日的溫馨。

五六個學生在木板搭就的晰緻前廊，圍繞伊們尊敬的教授和稚樸動人的孩子。風寒遺落籬牆外的天空。

年來，程鵬教授厚蘊飽滿的丰采，是大異從前的隼銳冷峻了。六十五的年齡和滿兩歲的稚子間對望的神采，所示涵的意象本身，令學生們與湧幽秘底哲理與詩之玄想，而有無窮的親近渴望，以求救解徬徨未知的生命奧義。

這個下午程鵬教授真被喜悅充塞心房。一陣精采的哲學談辯結束後，師生們對坐品茗。教授看來瘦而高長，髮短且疏，雖背微彎但圓鏡後的雙目射露幽深睿智的光芒。此時他雙手背握，與緻勃勃吟詠他浪漫的人生詩章了。孩子站立身邊靜望：

「可知道，在這歷史的變厄中，我獨身來到臺灣，離鄉離家這孤寂真有不堪的呢。每每獨對遠空，所想所思無非是：何時能回去依戀的生命家鄉再親故土芳澤？……唉唉地拂袖長嘆，心想：所思有形所盼有期，只怕當時已寒了屍骨，對看兩無語難勝愁悵了！……」

「人說衣鉢相承，果真，這不老的懷鄉血脈真是寄望程薪來流傳啊！」

「教授，程薪雙目澄亮，他心靈的耳熟背您的話啊！」

「哈哈！」教授輕理長袍站起，舉高孩子：「他真頴慧明銳啊！他是我歸去的風帆這半生寂寞的珍貴註結啊！」

此時，稚樸的程薪對著庭院外的天空眨動雙眼，像瞭望夐遠的未知。却是，眼前方芳香的茉莉與七里香的籬圍外，伊底母親黃芃，正向伊嘶喚久睽激越的思念了！

衆人驚愕，教授放下孩子。

久未偎處的孩子竟似善知的鳥立刻向牆籬飛奔！……

黃芃推開半掩木門像洩放的水洪緊擁圳岸，孩子深深纏抱在懷。緊隨的葉老士手脚顫抖口中呢喃，跟著生動的母子晃擺等候抱享臨竟的夢，熱淚盈眶孫啊孫地低喚。

程鵬教授憂愕倉皇、瘦身飄搖。這突現的景觀使他立刻猜想事情的因由，學生們更是擔懷在心。

「……我的寶貝孫啊！」葉老士終於親抱了孫子。

程鵬教授忍不住憂懼發而爲暴憤了，追趕下來！

「程薪還我！你是誰這般唐突無禮啊！」顧不得莊重，他把孩子搶抱過去。「他嚷著什麼！他到底嚷些什麼？」

黃芃慌亂無語。無人知曉內心激撞的焦愁矛盾。

「孩子還我！我是伊親生的阿公，我要抱回去！……什麼條件都可以。」葉老土握著拳對著這輩令他畏敬的有學問的人怒吼復懇求了。轉回臉，低啞著聲音：「聽懂嗎寶貝孫？我是你阿公，和阿公坐車回大潭好麼？好麼？……」

孩子望著葉老土黧黑嚴厲的臉顫抖，怯怯要哭。

終於有人把葉老土喘跳堅決的語意，爲教授翻譯成國語。其餘學生尙楞處於此一震心景幕，不知如何自處。

程鵬教授：「程薪是我的！同學們，你們知道程薪早就是我的孩子，我們相伴了一年、二十年、三十年，他姓程，他是我永遠的兒子！」

葉老土：「還我啊！我的寶貝孫啊！……」

孩子阿阿哭嚷向黃芃揮動雙臂。學生護擁著教授不讓渴慕的葉老土趨近。葉老土暴躁怒喊了！

「你們有天良嗎枉費啊杜費父母讓你們讀書這款不明道理！伊是我獨生子生的寶貝孫啊！…

…」聲音慢慢瘖啞：「我和伊阿媽都快上山頭了，等得苦啊！等這個葉家香火啊！還我，好麼？什麼條件都可以，這一年的照顧什麼代價我這老骨頭一定拼到底！好麼？……」

程鵬敎授：「叫他們走！說臺語我一句也聽不懂！跟老人說程薪是我的脈，說程薪要和我同去看他母親兄姊和祖先，走！黃芃小姐妳答應過我的，請妳走好嗎？」

黃芃內心抽絞，爭論愈是激烈愈令她傷痛、無言可對。迎著冷風涓涓飲泣，身子撞得茉莉花一陣抖。只渴望孩子能再回頭對她招喚，但被抱擁在不能企及的境地。

「孫兒不還我，我不回去，我不會回去的！……」

這樣僵持著。敎授學生們回到廊內，留下葉老土無助地抵抗冷風；一旁的黃芃，獨對花叢，雙手掩面。

天色入暮，向晚的北風顯現冬寒的凛冽。

程鵬敎授放下睡去的孩子，把廊下的燈捺亮，向著燈暈句句低嘆了：「天地悠悠，真不與我同憂嗎？……」

黃芃終於被默允接近孩子，喜慰扶抱，臉頰無限憐疼地貼吻，時光在回憶中閃閃滅滅，一如花香與風冷之飄擺。

「……孫兒還我啦，伊阿媽在大潭等伊唸伊啊！」

「這是天命嗎？這三十年的渴盼仍是無依無止的飄萍嗎？……」程鵬敎授端詳著入睡的小

孩，深思。

校牆裏的籃球場亮起鮮亮燈芒，不顧風寒的人們叱喝追呼。

「程薪，我潔淨的孩兒，你須從無憂的時空學習同情，我此生這風霜、這懷鄉的仰望，雖日漸久遠但瞭望的意願是不曾輕易衰褪的。……孩兒，不要從我的不幸中斷綴了承傳的脈，這意願，這職志原就等候著你的呢。」

葉老士又走近孩子，在灰澹燈光下顯現衰老疲倦，背後的暗正似長久來積偃的蒼茫：「跟我回去吧！虎崖要靠你釐理，大潭等待你葉家等待你啊！」

甦醒的孩子靜靜望著兩位老人，微笑示意。但在小小的思慮後，仍是回過頭，拉住伊樸實無語底母親等候的手，甜蜜相望。而後，相攜著手，朝明亮、年輕歡笑的操場散步過去，躍過校牆的掩門消失在廣曠的蒼穹下。

「孩子是她的啊！」

「她是孩子的啊！」學生們讚嘆了。

程鵬教授與葉老士互望黯然，同情與敬重，各自相背轉身。葉老士走出籬圍，緊跟母子背後。

程鵬教授在暗去的夜空仰探依稀月芒。「唉，這衰老的心志，不忍被冷風吹盪裂飛啊！……」

「這天地幽冥，但如何運作總有其終究義理的，教授，請你仍信任著、等待著吧！」學生們起身告辭，鞠躬。

7

冬天的上午列車，冷清而寂寥。

但葉老土回鄉的旅程是豐盛的、不寂寞而且是歡顏綻笑的。軌道退逝一如生命時光，把幸與不幸的過去沉落枕木一一輾碎。

黃芃終於決意帶著孩子回返想念的大潭村。那是擁有辛酸與歡樂的故鄉。從出生、母親病亡、以至與葉田在窒礙下的相戀、離異，這二十年歲月的記憶，使往後北部的十年生活裏，大潭更成爲夢境般傳奇、令她神馳呼喚的土地了。

但這旅途，展佈眼前的未知，令她憂思彷徨了。

所有的心意與交替的命運，數年來真是一場刻骨銘心的血淚啊！像第一次走出肅冷的派出所磚牆，與摯誠土樸的葉田相會，那燎慰的情意正是二十年來在大潭這古舊的世代相承的農村，被長期異眼相看，真正開放的第一曲歡歌，連草木也綻放喜悅，花朵、雀鳥鳴讚紛飛。而後在北部的深戀，他們認定必須逾越那古老無知的藩籬，以無私的結合來抵控父輩們之偏執自私——而這喜悅心志的傳承——嬰兒，正是對未來底無限光景，予以最公平純潔的寄望了。原以爲就是幸福的註解了。誰知道，一年後爲著深重的擔當，這葉家獨子的葉田，真決然離棄了黃芃和甫週歲的兒子。黃艽不公平不公平啊地哭嚎，又奈何呢？

如今孩子又回到她的懷中，葉家的懷中，要歸返大潭村。這人世的分分合合瘦弱的黃艽更有所不堪了。誰能去猜知生命初始的源頭？又該以何種態度來對待這轉變的事實？……而眼前逐步逼近的未知，將會如何羅列展現？

「我害怕啊，葉田會趕我們走！大潭人會笑我們啊！」

「阿艽，趕你們走的不再是葉家的人、大潭村的人！……阿艽，看孩子堅定的眼神，就不再驚惶了！」

葉老土和黃艽在旅途中，爲孩子定了姓名。

「葉清禾，你的大潭村就到了，正等著你呢！」

8

太陽偶爾跳躍空中俯射溫暖光芒。隨著車行，逐漸被猛風吹向西面的海空。

車到臺南，換乘普通車經保安到達中洲。下了車來。

「看！我們這裏也有計程車了，十年變化不少吧！」

車子穿出村莊，奔馳於植有高大木麻黃的鄉間道路。

「看！這坡地如今架得更是高，下方的高速公路聽說直通臺北，真怕人！想想以前只是大片茂盛的蔗田，三輪車吞力爬上時已被灑了一身蔗花。……記得嗎？」

黃艽忍不住心動，拉著孩子的細手東指西劃。在挨近大潭時，撐寬的柏油路旁參差擺列的樓房令她咋舌了；「鄉下也在變啊？」

派出所到了。「派出所！哪！沒變呢！樹木好深！……」車子迅速轉彎，掠過紅牆在末端高大的芒菓樹旁停住。

陽光披靡、溫暖却又不勝颯颯風塵。黃艽抱擁葉青禾，心胸激盪。踮起脚尖往記憶的牆內探看。

計程車等著背後跟來的牛車緩緩踱過。老牛對著他們嗅了嗅，低吟一聲，牛車上的農人摘下斗笠向葉老土招呼，發現面熟的黃艽，往記憶追想印象。葉老土掩不住心喜一陣笑，發現黃艽急於避面，才向對方板起了肅穆面容。牛車只好橐橐踱開。計程車粗暴地倒車，前進復後退，忽地一滑一拐沒於紅牆後。

「這厝路彎入就是了，青禾伊阿媽一定在家裡唸著。」

「小時候，來過這邊的田玩。」黃艽已掩不住心底的甜。

「……哪，知道這破厝就是葉家嗎？」

脚步煞住！屋內有熟悉語音。

整塊心沉了下來。竟是葉田，是葉田，黃艽永遠記清這語音。此時，所能夠的，只是怯怕無助、望著葉老土鐵青的臉。——

「阿爸和阿娘不是希望我早日娶妻成家嗎？現在，阿娘，爲什麼妳會有心事？……」葉田聲音：「阿爸沒去虎崖到底會到哪裏？回家一小時了還不見人影？」

葉嬸回答：「聽丁亮說：你在外面有些事，我和你阿爸全然不知道。」

「天頂事伊管那麼多！」葉田煩躁：「我不想在李小鳳前提這些啦！阿爸那麼固執，我說也說不清！」

屋外的兩人都漲紅臉了。事情顯然：葉田帶一個打算結婚的女子——李小鳳同鄉，正等著給葉老土一個驚喜。

黃芃拉住孩子，眼已濕紅。葉老土著急的喊：「去那裏啊！阿芃，這是妳的家，妳別怕，阿爸替妳擋，不要怕！」

陽光退後，身影的暗逼入門檻！

葉田驚惶跳起！對久別的黃芃和身邊已然成長甚多的孩子，突兀的顯現，神慌意亂！

黃芃忍不住地畏退，未敢跨越門檻。悲痛凶湧，偃盪向激越憤怒的心！而未能察覺親切招呼的葉嬸。孩子，對眼前猛望他的葉田，感到幾絲懼怕了。

葉老土「畜生畜生」地叨喃著，看到身受屈辱的黃芃和青禾，臉上筋脈一一怒跳！「枉費做人！枉費！這款沒天艮沒顧祖宗顏面！」手臂彈起順隨跨過門檻的雙腿往頓然間萎暗的葉田直衝過去！……葉嬸出聲喊，奔撲過來死命抓住他緊揑的顫抖的拳！

「三十七歲的人做這款囝仔事！自己想！自己想一想！……」

葉田受驚，急急開口：「我獨子，我爲葉家想！」

「爲葉家啊？」灰心無力地，「你阿公阿叔、你阿爸怎樣過一生的？我怎樣將你揑大的？……做這款事爲葉家啊？」

「當初你反對我和黃芃，你說伊……」

「我古板也糊塗，我承認！但是，你總不能丟棄妻、子啊！青禾伊是葉家的根開葉家的葉啊！」

葉田感覺委屈了：「阿爸，何況你以前反對我們那麼激烈，等到知道生下的竟是啞巴，換作別人也不忍、不敢帶回家啊！要瞞蓋一生又不可能，這種情形下，我也很痛苦啊！……」

黃芃繞過屋子奔向暮靄！葉嬸隨後追去，葉青禾晃抖小脚阿阿哭叫向屋巷趕出！站立門廊一直漠然觀望週遭的李小鳳，此時憐疼地過去護拉他了。……在冬日靜默冰冷的派出所圍牆外，高大芒果樹露出凋殘株枒，在風中咿唔低吟，與牆內暗蔭蓊鬱的樹叢慘然對望。黃芃在顛翻的情緒裏，看到孩子，立刻奔經葉嬸在馬路中央把葉青禾搶拉過來！

屋內，傻住的葉老土的心情，忽而是奔墜之夕日忽而是冷刮的北風，頹坐門檻上以手掌擋風連劃了四根火柴才把菸點著，……「青禾啞巴？……對啊！我怎都沒想到？……青禾是一個啞巴孩子啊！……」

短晝逐步退去，藏埋的哀痛，隨著漸濃底夜色，瘖瘂了。葉田不覺地哽咽：「我也深愛阿芃和孩子的啊，怨嘆啊！」

「天命啊！青禾啞巴啊？……」飛跳的雀鳥瘖瘂了，瓦礫無語、樹木竹林凋零、水潭乾涸、潺潺奔流的二層行溪枯竭。……獨餘北風呼嚎，吹撩悶人的砂塵飛撲雙眼。

葉田強忍著難堪，勇敢開口：「小鳳，伊有身孕了！」

誰知，葉老土暴怒跳起：「畜生，畜生！……」

「阿爸，我三十七歲了總是傷感寂寞的，我有我的心情；阿爸，臺北已經不是古板時代哪！」

「隨你去隨你去！阿芃和青禾留著就夠了，伊們是葉家的人，隨你去啦不要緊啦！」葉老土瘋狂叫吼。蝙蝠在暗灰的天窗揮飛，葉老土快快迎向回返的黃芃和孩子，矮下身，「怎樣都是我的寶貝孫，青禾，阿公疼，阿公疼！……」葉嬸盈著淚靠近。

「阿——阿——」青禾歡喜地轉著身子，讓葉嬸抱著。

穿扮雅緻的李小鳳慵倦地梳理長裾，保持身姿神色的自然。這一切不堪忍容的羞辱像暮靄在入夜前現出濃烈底紅暈，然而發生眼前的事況又像親切高貴的義理，使她壓抑著抗辯。只是，看到衰萎神茫的葉田她的忿恨情緒在陰叱的北風中顫抖起來了，立刻奔入屋內拎起皮包頭也不回地向闇夜鑽去！

「隨你去吧！你隨伊去吧！……青禾留下，我就夠了、滿足了！」

葉田黯然，深深望了黃芄和孩子，踉蹌跨出門檻。

天整個暗了。

葉老土牽著孩子走回屋裏，在暗昧中輕輕捺亮了燈。

9

天才亮了一端樹梢，葉老土就奮奮然起身了。

冬夜散播的幽明冷霧，向撐亮開來的宇空飄飛；北風是凛勁冷冽的。此時鷄鳴已歇，鄰家豬舍的吱吱叫吼亦已平息，水牛們溫靜跟隨農人從村道踱去。悠閒底麻雀飛集古舊的門簷，躍跳、開始快樂的晨唱。葉老土浴著晨涼，不禁想：這大潭村的早晨，美滿如年輕善感的心情呢。連忙返身叫喚葉嬸了。

黃芄早已忙完早活，正爲孩子晨洗。葉青禾爲鄉村的清新境遇，阿阿地繪語著欣奮快活。

一家四人很快用畢早膳，興奮向著虎崖——大潭舊地出發了。

派出所灰暗的建築在漸明底晨光中卑縮樹叢間向晨曦蠕動；簇集的大潭村的頹舊房舍，一如令人迷離的霧，在咻咻猛風中逐漸逸散失沒。

天空，當朝陽自東方脊背分明的山脈昇起時顯現大地初始的純潔與光明，背後隱於木麻黃蔗田的派出所、村舍立即像一塊喑腐的、陳舊的黑，沉沒不見。

葉老土把葉青禾抬到肩上，葉青禾雙手向天空揮動，身子沐著陽光。「孩子，往前望那山巒，那是你的土地讓你站著抓刂頭玩，讓年老的我年小的葉家子孫仰頭望，就像大潭的水影看天空。」葉嬸止不住地嘆息、淚潸潸然；葉老土想著笑著喃呢著，得意地向田裏的農人招呼指著亮亮的天空，「真好，青禾你看，你靜靜往前看、往前看哪！」

·一九七九年六月寫·

鋸斷的櫻樹

李荆從繽紛的城市返鄉成家、定居已近一年，當體認到三爺村不再是年少時淳樸、緘默的小村——她在遽變的時代裏有如努力要茁長的嬰孩發出刺耳的啼聲——李荆盡力使自己容忍；並反省婚後以來所感所知的事態，生活真否是一面虛幻的鏡，永難觀澈大地的每片真樸？

天色入暮，北風狠狠撩吹迷戀的暮靄，夕日的酡紅光暈自雲翳間不安地撒探，如一沫血，抹在已攤垂於北面魚塭、和在電鋸下顫抖哀吟將向南面魚塭栽崩的兩棵老櫻樹。位處於火車站至村道三叉路口間，百公尺長坡路的中央，自日據時栽植至今整整默立七十年，伸展著紛錯枝枒並萌開紫紅花朵。電鋸在圍觀的村人前瘋狂怒吼，充滿血腥的快意。時間是一九七九年初春，人們所等待的春節的喜樂氣氛在將到臨時，已因時勢的遽變被驚散，三爺村世居的人們便在蜚傳的流言裏顯現無主見的恐惶神色。

而今天，簡樸過活底村人的興緻被這兩株垂死的老櫻樹挑拉到極致，分不出是喜或怨？是讚同或反對。偶爾，他們低下聲來，談論蹲坐池邊眼神憂傷的梁老先生流言紛飛的么女——已滿三十歲仍未正式成婚的梁千江，曾在下午返回。

李荆靜立人羣後端，車站前植有龍柏與檳榔的平台上。心神被尖刻的電鋸、傷感的暮色所攫持，又努力地觀聽有關梁千江被竊論的種種不幸。梁千江長他兩歲，自童年起便和他如姊弟般維持著可貴的友誼。從他大學畢業、服役、行踪不定的浪遊至今，約近六年失去聯絡。他結婚前，聽梁老先生慨談她和一已婚男人間的傷心遭遇，更不敢魯莽發信向伊邀宴了。

「以後這裏路面拓寬，又裝著水銀燈，哇！三爺村可真夠門面了！」

「是嘛！這裏就要成爲工商大發展的大工業區了，難道這車站也要像我們這般守著窮酸相？」

「沒用的樹早就該砍了。」一個年輕婦人說。

梁老先生抬起臉緊緊地瞪她。婦人拉過伊抖著右腿抽菸的丈夫，是在附近工廠謀生定居的外地人。

噗——通——！一聲巨響水花四濺，南面的老櫻樹哀嚎驚呼根部斷斬枝枒如五指下揷，池水向四岸激盪蒼綠的布袋蓮暴跳湧退！……

天空寂靜，未因這大地的顫慄想起殘忍、血腥與暴力。

啊！李荆內心猛地墜水、沁骨的冷痛。返鄉以來，對著遽轉的故土興起無限哀思，常被念舊的心緒塞滿，忍不住地感傷、凶暴。中等削瘦的身材，才二十八歲，眉目間難隱對外物的不平與憤怨。他內心深處的大地、家國是自然的、安和的、暢然的，他痛恨一切干擾的理由，他如何默默學習著要深愛這家園、這生存時代啊！他的第一個孩子將於近日誕生，他有責任要求一個真樸、自由的土地讓純淨的生命去自然開創。自幼年以來就仰望這村景、這天空，像鳥禽想望暮色之前能在老櫻樹的枝椏間結育美與智慧的窩巢。年年長大，後來他到北部的大城市讀書，直到立意返鄉成家。他把希望寄託在人世未來際遇的奮發和將出世的孩子；常回想生命的過去，歷史的過去，或許就像三爺溪長久的汚流裏偶爾也閃耀著陽光的。爲什麼在這一九七九的初春冷風吹痛著瞭望的眼。兩棵老櫻樹已倒下，自日據以至光復，南北對望，整整七十年裏人車穿梭。現在新的坡道將舖起，李荆不免恐惶。二十八年的觀望猛然間被鋸斷，而每天他仍將騎機車經此轉經村的三叉路到鄉公所上班。

未來的不可知。此時他站立火車站前的弧形台地，在圍觀饒舌的村人背後。兩株老櫻樹像伸張的攤垂的衰老之手。路叉口兩邊的村舍、工業區相繼亮起早燈，像哀悼又像沾沾自樂。

「那時我才讀小學，嚴厲的日本老師山本先生帶著同學來種的，以前糖廠前也有兩棵，光復那年枯死了。」梁老先生粗啞的方言，聲音緩緩飄開：「我的老師後來回到伊的祖國，安心死了，而我，竟比這樹活得長久呢，可憐呢。」

李荆在車站任站長的父親換了班，就站在人羣邊說：「真是忘不掉我們過去的時代啊。」

肥胖的年輕村長提議在兩岸植上具有江南風味的柳樹。鋸斷的無語老櫻樹早就有人出高價收買了。

「也是好吧！時代在變，以前是老火車現在是電氣化的自強號，到七月我們這裏就通電了。人老了就不中用，樹木也一樣吧！」李站長揉著兩腮：「想到以前當驛伕，還得替日本人站長家挑水劈柴，現今的人實在不能福中不知福。」

「我的時代都快完囉！多苦也都算了！」梁老先生露出殘亂的牙齒，嘻嘻一笑，又忙著回望垂死的老櫻樹。

「現今這款，讓伊們自己擔當吧！」說完，李荆底父親就往北面宿舍的路徑轉返。李荆回到原處站立，思索著老一輩們的感嘆，心神如潮水湧盪。

嗜酒如命，由鐵路道班退休的蘇佬，語氣恍恍惚惚：「就看這社會啦，愈來愈斑爛啊！不要像我醉得不知死活哪！……」

前面路口喧鳴的車羣分向南北競奔。往日可以在此端望懸掛枝枒間的夕日緩緩沉落，此時，暮色正把村舍後粗大凸挺的工廠烟囪緊緊擁抱，污黑的烟嵐顯得淒迷，太陽痛苦地失墜、失墜。人羣沐浴於古老車站洩出的燈茫中，對白日之失去夜晚的到臨未有知覺，臉上顧自飽溢愚昧的滿足。

究竟怎樣的生活才真墮落？三爺村底村人是不能明白李荆年來充滿矛盾底思慮的。村人懷著議論後的空幻滿足相繼離去。

李荆走往家裏，半途又折返。

老櫻樹就像他伸張底兩臂在北風中感受沁骨的氷冷。二十八年來這兩株櫻樹在他的仰望與思念中發芽、成蔭、葉落……。真不曾想像生命頹然亡斷竟是這般匆遽。誰能使這隱痛淡然如廣垠無波的兩池漁塭呢？

「啊！是你嗎李荆？對這老朽的櫻樹也有興緻啊！」須三人才能合抱的粗幹後突地鑽出佝僂但仍康朗的梁老先生，「誰會想到？我親手種下它，親眼看它們長大、死亡，看世界像一盤亂棋，七十多年了，竟只像一輛列車跑過罷了。」

梁老先生以前曾是農會總幹事，前妻早死，兩個已屆中年的兒子在遠方的城鎮當醫生，聽說頗具名位。光復前一年，他和寓居臺南的一位日本女子成婚，民國三十七年生下了千江。然而，千江的母親在她才滿週歲時，返日探親竟不復返回了。無母爲怙的千江頗受大他一輩的兩個哥哥疼愛，但童年最深切的毋寧是與李荆姊弟般底情誼，彼時李家就租住在隔鄰的日式大屋裏，直至初中二年級才搬到鐵路宿舍。李荆記憶中她是個高瘦、聰明、孤獨但堅強，懷有夢想的姊姊，從不像一般小孩輕易哭鬧。梁千江偶爾也說起遠在日本底母親的來信，如何喚起她和已顯老邁的父親悲思。家裏一張六吋的斑黃照片一直懸掛在琳瑯的書墨對聯間成爲突兀的視覺。

近幾年來，李荆在城市裏交結了不少有氣度的青年，曾想像該有幸運的其一來娶千江。但每次返鄉只得知梁千江不幸的蜚言，概與一已婚中年人的相處造成了諸多心理與家庭的激烈爭執。

心中無時無刻惦念著她却苦無機會碰面，他仍深深信任著千江，她的情懷。

一晃六年了！千江三十歲了！是否真是憔悴早凋的蒼黃模樣？或往日般可愛，丰姿成熟的少婦呢？

李荆跟隨梁老先生到寒涼的舊屋。位處南面漁塭角側的小菓園裏，隨興種植著甘蔗、蓮霧、甘橙和數十株姿韻卓然的榕、松盆景，和一棵珍視的正開了幾朵淡白花朵的梅樹。前幾日應允李荆久來的請求，寫了一對書聯相贈。李荆向屋內屋外探看，希望看見久別的梁千江，却又不好問詢。梁老先生顧自在染沾斑剝墨跡的寬大木桌堆疊的萱紙間翻找，終於展開了工整的楷體：

「獨宿天霜寒

歸飛海路遙」

李荆不甚欣賞這具功力但氣神不足的字墨，但對這兩行文句有濃稠底顧念，一直想著豐富的字義和引喻。「唉。」他把字墨整齊摺疊塞入夾克口袋。

李荆仔細欣賞牆上各家的字墨，隸書、行書、草體，因著敬慕而感喟了：「我常痛恨城市、愚昧霸道的文明！虛僞的、自憐又自得，連三爺村也跟著昏旋轉向了。」

「不要恨哪！千百年來聖哲如何高呼也都罔然的，人是傾向墮落的小動物哪！」梁老先生伸展蒼瘦的腰身像花旦邁步：「你是個可以真正獨立的成年了，可惜！你的苦惱真像年輕時的我。就要開始了！就要像純潔的千江，在短短的生命裏飽嘗苦惱了。嘿。嘿。」

李荊只略知千江爲了那已婚的男子墮了兩次胎，在愛情與現世的生活中，以自恃的意志被折磨得一身痛。他遺憾與千江的濃厚情誼仍未能對她有任何慰助，千江對他也像提防村人恥笑般避諱了關切嗎？人對美與苦難都失去了自由選擇的權利，何況幸福與夢呢？望著望著牆上照片千江底日籍母親的笑，對千江的想念不免悸動起來：「我敬愛的姊姊千江，伊好嗎？……」

「唉。」梁老先生愁惱地背過身，「去臺南，晚些就回來。」

李荊轉身向著屋外的夜黑，顧自呢喃地：「我相信，我相信誠實的到最後必會得到公平合理的對待，歷史的智慧會迫使現世的醜惡、迷信潰敗！我相信，迷失的人們看到天黑總該設法回家來。……」

「唉，李荊！這世界多粗野，可以投機取巧但怎會原諒反抗或逾越？看開啦！想想千江，找個好丈夫還不容易嗎？唉，看你多好，娶妻生子，在公家機關工作！……」

「可是，老伯，我不明白，我不能釋懷！容忍並不能使人忘掉怨恨，真的，不只我自己的生活！……」

「事事求合理啊？代代等偉人嗎？要照顧一個自我都那麼困難了，何況一個家、一座三爺村、一條嚴重污染的三爺溪？」梁老先生細瞇著臉雙手環抱胸前，對著牆上的斑黃照片，「……只是，或許吧！千江選擇註定失敗的愛是對的，伊底母親選擇罪惡的故國也是對的。伊們信任自己的意志，說來，真勝過空手等待的我們哪！」

「這代價，這折磨，真堪忍受啊？……」

「我明白，你的心事。」梁老先生躺臥藤椅上，點菸，「李荆，你太太家還和你父母有衝突啊？都快抱孫了，流的是共同的血啊！」

「超越誤解，就像超越命運與私心，真這般困難嗎？」

「那兩棵老櫻樹默默活了七十年還是逃不過砍伐的命運，哈，竟還是我這個老骨頭命大！我雖不像你的站長父親那麼頑固，但也缺少你的寬大胸襟，所以，我只能：一、對過去迷戀，二、對未來傻傻等，直到兩腿一踢。」梁老先生兀自嘻嘻的笑開來，「看那漁塭多安祥，從來不管擁有多少魚，也不理老櫻樹戳穿了肚子。因爲魚是別人裹腹用的，老櫻樹總有貪心的人撈去起火燒飯！」

梁老先生迎著冷風到漁塭邊劈囘一株甘蔗。

李荆在破陋闇昏的簷下啃食。他的中等身材瘦了些，大概兩顆太凋，面頰就凹陷了；裹著厚重多衣，一副弱書生樣。語音斯斯然，在持續掠颯的風聲裏抖著幾分疲倦瘖瘂。村人眼中滿懷心事又缺乏興家趣緻的青年，難得大學畢業服役後考上縣政基層人員。婚後返鄉定居，對著身處種種總顯著煩厭，對日據生活依眷、講究分寸、禮數的父親就難免有所指責了。

「我剛才從園裏望向車站那邊，可憐的大櫻樹真像兩具屍體啊！路和漁塭都遺棄它了。」梁老先生的心緒時而高昂，時而黯然。「過去到現今真是黑暗的時代啊！也好，死去也好，反正也沒有夢想的道理了。」

「也許我未來的孩子，他能比您、比我的父母、比我和千江都幸福的吧！……」

突然，一聲轟隆碎撞撕破冷凝的夜空！

「每天日夜被這碎石工廠擾得心神不寧，夜晚更是常被驚醒！開工半月了，那些商人把山挖出一個個窟窿，用美麗的石頭製成傷害人類消滅自然的化學原料。」

「最近老是感覺屋內屋外蒙上一層白塵，是這工廠造成的吧！」

「我這破屋子更糟，簡直要把我趕去城裏住兒子的高級樓房！日據時就受糖廠煤碴的氣，現在馬路的車子、女人樣樣可怕。……哪！聽說宿舍旁的漁塭已賣給一個姓張的縣議員，計劃蓋螺帽廠呢！」

斷續有韻的工廠噪音像撲鼻的北風，令人窒息。天空，不見星光，缺了半邊的月亮正痛苦要鑽出纒疊的靉靆蒼雲。

「三爺村真的變了。」

「一直是變著呢。」

李荊告別出來，拉緊衣領。謹愼地，不讓夾克內袋纖柔的字墨掉落喧擾的燈芒裏。

沿村路向北走。

站立三爺溪架高的暗灰水泥橋上。在遠近隆隆的機械聲裏，困難地揣想幼時兩岸種植著濃綠地瓜和茂盛廣袤的蔗田。他和友伴蹲在葉蔭中垂釣及啃食甘蔗，在收割後的曠野追逐、堆壘一蹲蹲土窰烘烤地瓜……。

如今三爺溪自上游以下，除了原先的綠色糖廠外，沿岸簇擁著一座座灰暗醜陋的鋼鐵廠、石灰廠、農藥廠、木業廠、液化煤氣分裝廠、陶器廠、電子公司、紡織廠、食品加工廠……。河流滯止，月光下烏黑的水質閃熠陰青光影，氳氤像飄搖的鬼魅昇昇沉沉。濁臭的氣味，有如兩岸迎風翻打的蘆草伸張爪牙，攫向他遠眺的眼。橋東的兩家化學工廠兩岸對峙，北側的，正向天空噴出一捲捲霧般的烟靄，飄向南岸闃寂的、被灰土覆蓋成死白的廠房。從廠房傾流而下的一道廢粉斜徑偃過了岸坡，把黑色河床染成半灘的白。再向東看去，經軌道下的巨大橋墩，是草綠色的大片糖廠廠房、蔗渣堆棧、產業火車調度場，在冷風與稀白的夜空下正似雄偉的、具嚴肅傳統的宮殿。捲出濃烟的巨大烟囪雄霸當中威臨四面，使種植甘蔗的坡地、老樹成蔭的糖廠眷村、河兩側疤痕般散佈的工廠，卑縮仰望了。

晚霧漸偃，從這籠罩著不祥的白色廠地往回看，車站、漁塭、和緊連過來的託運所、鐵路宿舍，顯出腐朽與古老，隨時要在一陣風雨裏殆滅般。

返鄉年來，偶爾在黃昏時學著年少時的習慣，帶引懷孕的妻子到河橋散步。但密簇的廠房總使他怯步。轉身，望向巍然矗立的老櫻樹，要妻子去賞觀伸探天空枝枒的姿勢。

「我在外多年，在憂傷寂寞時便想起老櫻樹貞定的模樣。但世界變了，三爺村終要被這些貪婪霸道的工廠所損害所消滅。」

「啊！我也曾有這樣的想法。」妻子任他緊握著手，「但是，近來我逐漸能從變動的時況中，感到這社會、這世局的一切就像人一樣，要經歷生、老、病、死的。看來，只有往著生機的可能去努力吧！這島嶼人口是如此密集，誰不想回到從前？田園的悠閒和樂是富貧、智愚者所共嚮往的呢。」

「不！我認爲是貪慾所致。」李荆對妻子的話難免有著不快了。

「經濟能力已成爲生存的主體關鍵了，不致力這些，怕毀滅就近了！……荆，我不了解你的過去，過去的真有那麼多思慕嗎？像我的爸爸媽媽那樣想念遙遠的故鄉又有何益？當戰爭來臨黑暗來臨，被迫離開親人與榮耀的一切，但，上天使他們仍有美好的地方相慰相依不也是對苦難的補償嗎？對現世，仍要輕蔑拒斥嗎？」

「讓一切在我們未來的孩子身上有公平的補償吧！想到我爸媽，不自知善良的心從出生已被殆害扭曲，因著那年輕繽紛的記憶，三十五年了，竟還置身在無謂的傷感與不滿。」

「但，我的孩子，我寧願他先有卓越的應世能力。」

「罷了！」李荆惱怒了：「人一生就追逐着獵物嗎？……」

好吧！過去的就過去吧！……望向宿舍暗灰破陋的屋頂，從日據以來的粗陋建築蔽蔭了人們數十年。——我如今怠墮在這個三爺村，有一天就要像老櫻樹倒塌不起嗎！……

「好吧！這些偉大的工廠我向你們表達敬慕吧！」憤忿抬腿向河心踢落一顆石子！悶濁的漣漪吃力游向兩岸，像被釣起的無助的魚張吐水沫。

背後呼呼叫響的機械廠大門緩緩拉開。李荆才把身子側轉，一輛載滿甘蔗的黃色卡車高吼掠過，橋身顫抖，而後，廠內射出一道道刺目燈光挾持呼嘯引擎，散工的工人們的機車像狂怒的獸衝出直向兩岸飛奔！李荆慌張閃躲。

又看到了垂死的老櫻樹，枝枒伸張無語。

從車站旁順緣軌道與漁塭間的路徑跑返宿舍。

父母弟妹圍繞矮桌上的火鍋看電視新聞。以火鍋烘托晚餐的莊重歡喜，是李家維持數十年的日式習俗，爲了春節將近的喜悅吧！父親仍喝著酒，母親偶爾也陪著淺酌幾口，便是綿綿不絕重覆敍述著的年輕往日了。小時候還會興奮地添加碎木炭到笠形的鍋腹下，這幾年以瓦斯替代，容量大又方便，次數也就顯著地增加。但李荆長大了，懂得厭痛了。聽到父母對過往與現今的不公正敍述，心口像滾沸的菜餚忍不住要揮手怒喊：恥辱啊恥辱啊！你們明白自己嗎？那殘害你們以及後代的小民族值得這樣感情嗎？你們無知被欺罔！偏執使所有被傷害的，所努力所補救的受曲解啊！……

父親仍是喝米酒滲白糖。電視上穿着整齊西裝的胖記者，正一臉嚴肅報導中美斷交後，遽變時勢裏人民如何表現出堅忍、團結與鎭定的傳統國格。

妹妹轉過臉，對李荆說：「大嫂爸媽一定更傷心痛恨的！」

幼弟接口：「每個人多少要驚惶啦！至少那些地主和有錢人是日夜難安了！」

父親：「有辦法的人要遠走高飛啦！」

李荆坐近餐桌靜望畫面的躍動，胸腹陣陣湧騰。

又想到友人近日來信所描述的，在北部的種種情緒與心事，像圍到莊嚴的圓桌憂論閃變困苦的家國。「以泉穿石，點滴成河」，走出沉痛，試圖爲晦衰的血脈作補綴與發揚的千古事業。「雖非一人所能但願以此拋磚引玉可結萬人之力，雖非一日可成但願以此一苗之發可與千古叢林」。他欣喜在最是使人性中自私、苛薄、傲慢、苟怠等破敗本性茁生的動盪裏，他們凝聚心力要潛藏的美德成爲甘露清泉，要內心的愛成爲灌頂醍醐。

但長久的隔閡與堆叠過深的無知，頑冥的心勢將難以開啓。李荆心懷激越却苦難向父母啓口。或許他們正是歷史悲劇中無辜的犧牲者註定死不冥目吧！既不明禍首又無機會親報血仇了。

李荆雖値亢奮、焦躁的年齡，但對事體皆能涵養寬大胸襟合情合理地意會，而能摒除好惡偏頗。像不時設身處地嘗試理解父輩們被黑河沖淹的時代。他們身受日本「糖飴與鞭子」殖民政策的姦淫蒙騙，整個成長的年歲迷陷在缺乏超卓眼力戳穿假局的小鄉落裏，潔白明澈的心終要囿困成難於跳脫之僵局，成爲奴人而不自知、陷沒黑河而難自拔。這命運與時代的悲哀多麼叫人同情、叫人不得不容忍寬諒啊！是否，也因於此諸不幸，對三十三年來復甦的努力不能健全衡度、思察，甚至嚴苛與曲解形成了國家社會有形無形之障礙？……但李荆終要悟解他們是失根的、淒涼的、無辜的、不得不以衰老底眷念自慰的。對日帝的痛恨正所以是對父輩們的悲痛悼輓吧！寬諒他們吧因爲除此而外逾情的責斥是無理的，將讓他們更恨怨、更爲命處的不幸孤獨無依的。

「爸爸，請你同情她的難爲，好麼？」

「是你們的。」母親接口。

「難道我，弟弟妹妹和你們就有分別？」李荆壓抑著，讓語氣保持柔軟，他知道，只有尊重與同情是解決誤解的最先理由，所有魯莽的作爲只會使抵觸加深，「處境是一樣的，除了娼盜匪類，沒有人會在苦難與歡欣裏抱持二心，你們不當永遠偏執在事情的漏洞與失錯，那樣是不公正、不合情理的啊！」

父親又倒了酒，添上白糖，筷子輕輕攪拌，眼睛故意專注電視畫面上。冷漠的神情常忍不住地看著白糖在酒杯中溶解。一羣青年高擧標語國旗，在一棟巨大建築前高呼……

母親瘦弱的身子，眼神關切，「能太太平平就好，如同你每日騎機車出門只盼你平安回來，錢賺多賺少都一樣。隨他去變，只要是好社會總是不怨嘆。」

李荆想：人人各自的生命形態，常免不了孤獨、自私與覇氣、自卑或驕慢；換成更大更廣的結構，是更加難爲的，要更大胸襟來擔待了。然而，反省的意義呢？

北風凶猛敲打古舊窗櫺。晚餐大約跟著談話結束，新聞報導已由呆俗的連續劇換替。全家人蹲坐榻榻米上，不敢輕易掀翻靜默。

李荆坐在書桌前望向窗外，穿過院落兩株老榕，軌道旁排排羅列、肅穆站立的粗大高壓電線桿後，依稀是月臺了，幾盞燈顯得恍惚，剪修齊整的小樹仍止不住地顫抖，候車亭闃無人踪。

李荆轉臉回望家人，心中的愛，他想，夜一般深啊！弟妹也側過臉看他。未來，像陰風慘慘的闇夜嗎？祈求一切是太平無憂的。

想起了回中部娘家待產的妻子、妻子的父母。想起遠方熱血沸騰的友人們。回到三爺村的安逸無爭，在這般時刻是否墮落、怠慢呢？闇夜裏風聲嘶吼，忐忑的心正是等待著天明。他生長在長久憂愁的土地，在這土地裏也享有繽紛與歡樂。他必須思省：季節興替時空轉換，自己變了，梁千江變了，三爺村變了，世界變了。他的時代將逐漸轉交給未來的孩子，他希望交到孩子手上的是完整的、健康且又潔淨的，他必須涉過父親的黑河並且擰乾潮濕。

他該去看他愁鄉懷歸的岳父母？去看待產底妻子麼？

該去看看孤獨苦心底友人在紛擾城市的情意嗎？

他決意今夜離家，離開三爺村。

「我明天休假，想出外去。」他這樣對父母說。

想到鋸斷的櫻樹。父母們耽沉在螢光幕上迅速轉換的幻像裏，燈下的臉是寂寞的、蒼老的。一列火車迅速掠過夜昧。

推開家門，軌道撲下的冷風捲起榕葉。北上快車經過小站未經遲疑直往前奔，撒下一排顫抖的燈芒。心想：過去的像這無邊的闇夜，但總有真理的光芒照澈出暗隱的真樸。人類之善惡是永難休止的爭執，永遠要在割捨與創造中產生每一獨立而又自然串連的偉大、自由、高曠光明的時代。這一切傷痛、羞辱與榮耀，點滴成為人類藉以延續的智慧吧。

時間尚早，在寒寂的月臺踱步。從柵欄間下望，水影裏攤垂無息底老櫻樹的暗影，像一則古老的典故是要在闇夜中失沒了。

是的，它們的象徵將留在歷史的反省裏，但現在他們是應當割捨、犧牲了。父母們的童年是怎樣的童年呢？他們的困苦、愛恨是如何一種奧義呢？受傷的靈魂歷經困苦、戰爭的擺佈，年輕不再、中年不再，逐漸步入垂暮的心，是否懷著無告與寂寥呢？……

眼看是鄰家的蘇佬，微僂着背，頭顱半禿，從車站旁的燈光冒出，走向月臺，在坡斜處臉仰向白茫燈光啜飲了一口酒，然後確信酒瓶緊握住了，聳聳肩，背着風繞過籬樹幾乎撞上月臺邊側的巨大高壓電路桿，向候車亭走來，整個身子沐浴光亮裏。李荊從暗處走近坐椅向頹坐的他招呼，他點點頭，打呃，不語，又站起，往月臺末端的暗晃去！……下了斜坡，看看兩邊沒有來車，一步步跨過枕木、軌道，在碎石工廠前的凹坡裏消失了。

想起往年離村的夜晚，是對遠方寄以理想與美好想像的。啊！蘇佬疲憊無神的形像，是悲涼死灰的未知境地嗎！

而後來他真決定回返故居了。確信生命會在原始、無爭的心境中培養寬厚美德。

但這匆遽轉換的時空啊！他的矛盾已像每一村人的焦慮。……他害怕在這閉塞而又囫圇生長的空間裏無知地失滅，他不願自己成為這危厄文明裏茫然競走的其一，為了物慾、虛矯、現世而遺棄生命的真樸，如果能夠，他要成為勇者，讓世界是和樂的安祥自足的。

但這是一九七九的初春，人的意志在這美麗但命運乖逆多變的島嶼裏充份展現他墮落荒愚、與乎高曠盡責的性情：天空陰暗，夜是深了。

此時，獨立闇夜凄冷的月臺上，瞭望著什麼呢？

一班南下列車自糖廠方向駛近，慢慢停靠下來。

乘客稀疏。只有前頭車廂步下一位孕婦，低垂著臉，向候車棚、車站走來。

火車緩緩開動了。晃動的燈光使月臺上被剪修齊整的籬樹現出短暫的光潔。

李荆驚愕認出走近的孕婦竟是惦念的梁千江。

忍不住地跑將起來，迎去！「千江！千江！……」

梁千江認出眼前的男人竟是睽別的李荊，與奮地盈淚了緊握住凍寒的雙手了。車上的人臨窗望出立刻閃退到夜黑裏。

「多久了呢，真思念啊！」

「千江，我結婚了呢，就要當父親了。」

「真的啊！多叫人讚嘆啊！」穿著拙樸寬大的淡褐色外衣，高大的身子消瘦了。戴着黑邊眼鏡，憔悴而不失秀麗，笑着，「我也要當媽媽了呢！……」

「千江，妳都好吧！」李荊端祥她鏡片後的眼瞳，有靜美、安祥底暖流。

「唉，也是好吧！……想到自己畢竟是軟弱女人，要打破觀念和準則，就像要改變人的習性一般艱難呢！所以，讓夢碎了吧。」

「能割捨真是智慧啊！那兩棵老櫻樹……。」

「但願三爺村真是永久溫暖的懷抱啊！讓孩子真能擁有純潔美麗的開始。所以，我決然回返了。」

「但是三爺村變了呢。」想是風冷，相見的喜悅逐漸被追閃底記憶所紛擾，傷感起來。

「但我下了多大決心才返回啊！」說著，梁千江望向軌道遠方，哽咽了。

「村人世代傳承的憨厚樸實真被殆害了嗎？能像妳父親永遠抱持自主自足的畢竟太少了。……真不忍心啊，妳回來的是苛薄饒舌、物慾現實的人世啊！」

一齊步下月臺，走經候車室，正因電視歌舞節目笑哄的站員們此時轉過臉，好奇猜臆兩人肅穆的神情。

靜望著漁塭裏沉埋底夜色的無言，鋸斷底櫻樹的無言。

「鋸斷或是對的，但景觀真是大異以前了。」

風的哀嚎、機械廠的叫鳴和天空暗青的雲共翻湧。雲顯得濃濁像隨時會降落一場苦惱的雨。月亮薄弱失隱了。

「三爺村變了！我們長大了！責任肩擔難辭了！」

「妳永遠是我勇敢、敬愛底姊姊的。」

「未來的是多麼遙遠不可知啊！是令人不免惶惑的啊！」

「讓妳的孩子、我的孩子來擔待吧！他們會遠勝我們的，因為我們將是盡責的呢。」

話語間，北上火車自遠處猛烈傳來汽笛，快速的燈光在夜暗裏隼利探向前方，英勇而決絕。

「今晚離村會再返回嗎？」

「會吧！」

「啊！該走時就走，該回時就像今天的我這般勇敢吧！」

「謝謝妳呢，千江，我會盡心的！」

「再見！」

李荆迅速轉身衝入候車室奔上冷颯的月臺。上車。望向緩緩掠逝的家門前的老榕、屋內的燈光。今夜過後他將身處何處？……

父母會有一個美好溫馨的夜晚吧！憂傷三十年的岳父母在寒夜裏是如何心事呢？妻子呢？孩子是否已出世將是何許動人的神采？像他的父親李荆嗎？老櫻樹呢？……

火車轟隆轟隆行過三爺溪，濁臭、烟囪、工廠；拐過蔗林的土坡後，三爺村整個隱沒不見。

——遠方城市友人睿智無私的眼能否穿透陰霾的天空？歷史貞定的高遠情愫是否能像陽光的熱能支持所有寂寥闇夜的刻苦經營呢？……而這經營，存在宇空的哪一星辰？

望見窗玻璃反射底沉思的自己；像是在自由的黑夜的曠野裏疾走。

感覺胸腔處什麼東西推醒他的獨思！車聲轟隆有韻，他站起，把衣袋內梁老先生力勁工書的字體倚著窗攤直開來，竟覺鈎勒運行間處處氣神昂揚了！

「獨宿天霜寒

歸飛海路遙」

啊！——闇夜的旅途火車向夜空一聲高嘯，往前方堅決奔去！

·一九七九年八月寫·

滄海叢刊已刊行書目（四）

書名	作者	類別
清眞詞研究	王支洪	中國文學
宋儒風範	董金裕	中國文學
紅樓夢的文學價值	羅盤	中國文學
中國文學鑑賞舉隅	黃慶萱 許家鸞	中國文學
浮士德研究	李辰冬譯	西洋文學
蘇忍尼辛選集	劉安雲譯	西洋文學
文學欣賞的靈魂	劉述先	西洋文學
音樂人生	黃友棣	音樂
音樂與我	趙琴	音樂
爐邊閒話	李抱忱	音樂
琴臺碎語	黃友棣	音樂
音樂隨筆	趙琴	音樂
樂林蓽露	黃友棣	音樂
樂谷鳴泉	黃友棣	音樂
水彩技巧與創作	劉其偉	美術
繪畫隨筆	陳景容	美術
藤竹工	張長傑	美術
都市計劃概論	王紀鯤	建築
建築設計方法	陳政雄	建築
建築基本畫	陳榮美 楊麗黛	建築
中國的建築藝術	張紹載	建築
現代工藝概論	張長傑	雕刻
藤竹工	張長傑	雕刻
戲劇藝術之發展及其原理	趙如琳	戲劇
戲劇編寫法	方寸	戲劇

滄海叢刊已刊行書目（三）

書名	作者	類別
野草詞	韋瀚章	文學
現代散文欣賞	鄭明娳	文學
藍天白雲集	梁容若	文學
寫作是藝術	張秀亞	文學
孟武自選文集	薩孟武	文學
歷史圈外	朱桂	文學
小說創作論	羅盤	文學
往日旋律	幼柏	文學
現實的探索	陳銘磻編	文學
金排附	鍾延豪	文學
放鷹	吳錦發	文學
黃巢殺人八百萬	宋澤萊	文學
燈下燈	蕭蕭	文學
陽關千唱	陳煌	文學
種籽	向陽	文學
泥土的香味	彭瑞金	文學
無緣廟	陳艷秋	文學
鄉事	林清玄	文學
韓非子析論	謝雲飛	中國文學
陶淵明評論	李辰冬	中國文學
文學新論	李辰冬	中國文學
離騷九歌九章淺釋	繆天華	中國文學
累廬聲氣集	姜超嶽	中國文學
苕華詞與人間詞話述評	王宗樂	中國文學
杜甫作品繫年	李辰冬	中國文學
元曲六大家	應裕康 王忠林	中國文學
林下生涯	姜超嶽	中國文學
詩經研讀指導	裴普賢	中國文學
莊子及其文學	黃錦鋐	中國文學

滄海叢刊已刊行書目（二）

書名	作者	類別
印度文化十八篇	糜文開	社會
清代科學	劉兆璸	社會
世界局勢與中國文化	錢穆	社會
國家論	薩孟武譯	社會
紅樓夢與中國舊家庭	薩孟武	社會
財經文存	王作榮	經濟
財經時論	楊道淮	經濟
中國歷代政治得失	錢穆	政治
先秦政治思想史	梁啓超原著 賈馥茗標點	政治
憲法論集	林紀東	法律
黃帝	錢穆	歷史
歷史與人物	吳相湘	歷史
歷史與文化論叢	錢穆	歷史
精忠岳飛傳	李安	傳記
弘一大師傳	陳慧劍	傳記
中國歷史精神	錢穆	史學
中國文字學	潘重規	語言
中國聲韻學	潘重規 陳紹棠	語言
文學與音律	謝雲飛	語言
還鄉夢的幻滅	賴景瑚	文學
葫蘆・再見	鄭明娳	文學
大地之歌	大地詩社	文學
青春	葉蟬貞	文學
比較文學的墾拓在臺灣	古添洪 陳慧樺	文學
從比較神話到文學	古添洪 陳慧樺	文學
牧場的情思	張媛媛	文學
萍踪憶語	賴景瑚	文學
讀書與生活	琦君	文學
中西文學關係研究	王潤華	文學
文開隨筆	糜文開	文學
知識之劍	陳鼎環	文學

滄海叢刊已刊行書目（一）

書名	作者	類別
中國學術思想史論叢(一)(二)(三)(四)(五)(六)(七)(八)	錢穆	國學
兩漢經學今古文平議	錢穆	國學
湖上閒思錄	錢穆	哲學
中西兩百位哲學家	鄔昆如 黎建球	哲學
比較哲學與文化	吳森	哲學
比較哲學與文化(二)	吳森	哲學
文化哲學講錄(一)	鄔昆如	哲學
哲學淺論	張康譯	哲學
哲學十大問題	鄔昆如	哲學
老子的哲學	王邦雄	中國哲學
孔學漫談	余家菊	中國哲學
中庸誠的哲學	吳怡	中國哲學
哲學演講錄	吳怡	中國哲學
墨家的哲學方法	鍾友聯	中國哲學
韓非子哲學	王邦雄	中國哲學
墨家哲學	蔡仁厚	中國哲學
希臘哲學趣談	鄔昆如	西洋哲學
中世哲學趣談	鄔昆如	西洋哲學
近代哲學趣談	鄔昆如	西洋哲學
現代哲學趣談	鄔昆如	西洋哲學
佛學研究	周中一	佛學
佛學論著	周中一	佛學
禪話	周中一	佛學
公案禪語	吳怡	佛學
不疑不懼	王洪鈞	教育
文化與教育	錢穆	教育
教育叢談	上官業佑	教育